COLLANA

RISCONTRI ROSA

\- 3 -

AA. VV.

QUANDO IL CUORE TREMA

Storie di Amori Sospesi

a cura di

Emilia Dente

Revisione del testo a cura di

Lorena Caccamo
Facebook: LoreCa Servizi Editoriali
email: loreservizieditoriali@gmail.com

via Luigi Amabile 42
83100 Avellino
tel. 340/6862179
e-mail: info@ilterebintoedizioni.it
www.ilterebintoedizioni.it

Indice

Prefazione

Non è una semplice raccolta di storie d'amore questa antologia, pure se è il sentimento amoroso a far danzare la penna e il cuore di questi autori nell'armonia lieve delle pagine. È uno scrigno di storie appassionate e dolci in cui l'amore accarezza i sensi e sfiora le corde dell'essere profondo, ma, nell'abisso dell'anima, si disorienta e si perde, impigliandosi nei lacci sottili della paura, del rimpianto, della nostalgia e delle altre intense ambrate emozioni che scuotono l'essere.

Nel turbinio dei sensi smarriti, laddove trema il cuore, il sentimento potente dell'amore si incrina e rivela la sua fragilità, i suoi timori e la sua insicurezza, rivela la labilità di un essere inquieto sul terreno scivoloso dei sentimenti, nella liquida materialità di una società in continua, problematica, evoluzione sulla soglia di un abisso insidioso.

L'amore raccontato nella trama lacera di questi racconti, nella diversità delle storie selezionate, è un sentimento complesso, fluido nelle diverse dinamiche di interazione umana, sfrontato, ma pure delicato, tenace e forte a volte, e a volte esitante e malinconico. Le parole fioriscono come semi d'amore negli angoli bui del cuore e nella terra luminosa dei pensieri, nel raggio riflesso del ricordo e nell'ombra silenziosa di un addio.

Il sussurro lieve della scrittura racconta i germogli di amorosa speranza risvegliata dal gesto tenero di un cucciolo che infrange le barriere della solitudine e dell'emarginazione nella storia *Amina* dell'autrice Carmela D'Ascoli, o diviene spada tagliente per difendere la dignità di un fratello, nella potente storia *Antigone* di Debora Avella, dove la forza dell'amore supera l'abbraccio pietoso della vita.

L'amore cammina silenzioso tra le pagine, perso tra rimpianti e ricordi, prigioniero tra le ferite del tempo e le spirali inquiete del destino. Per le ombrose vie della vita e della scrittura, germogliano pure le parole di roccia e di fuoco che l'amore più profondo può forgiare, l'amore di una madre che lotta per la vita di sua figlia e che, nel singulto potente del tenero dialogo di madre, nel racconto *Lotta con me* di Katiuscia Iezzi, rivela la forza dirompente di una scrittura che cura, che consola, che sprofonda negli abissi caldi del cuore e rivela tutta la sua energia vitale.

Nelle corpose sfumature dell'elaborato sentimento, che in questo mosaico antologico è custodito, si riflettono spesso le inquietudini e le nevrosi dell'odierna società. Dell'intero testo se ne può fare una lettura sociologica organica, a partire dall'analisi del senso di precarietà e disorientamento, segni patologici e tristi conseguenze del frenetico e superficiale ritmo imposto dai tempi attuali. Antiche paure e moderne ipocrisie insidiano e ancora ostacolano e impietriscono il sentimento ancestrale della passione che infiamma e dà energia all'essere umano, laddove ancora si ergono mura invisibili e ostacoli assurdi alla naturale espressione della passione che unisce due cuori.

Nel chiaroscuro dell'amore raccontato in questa trama di storie, tra vigorosa forza e impaurita fragilità, qui, sotto la pelle diafana delle pagine, nel ventre profondo della scrittura, il cuore trema e genera vita.

Emilia Dente

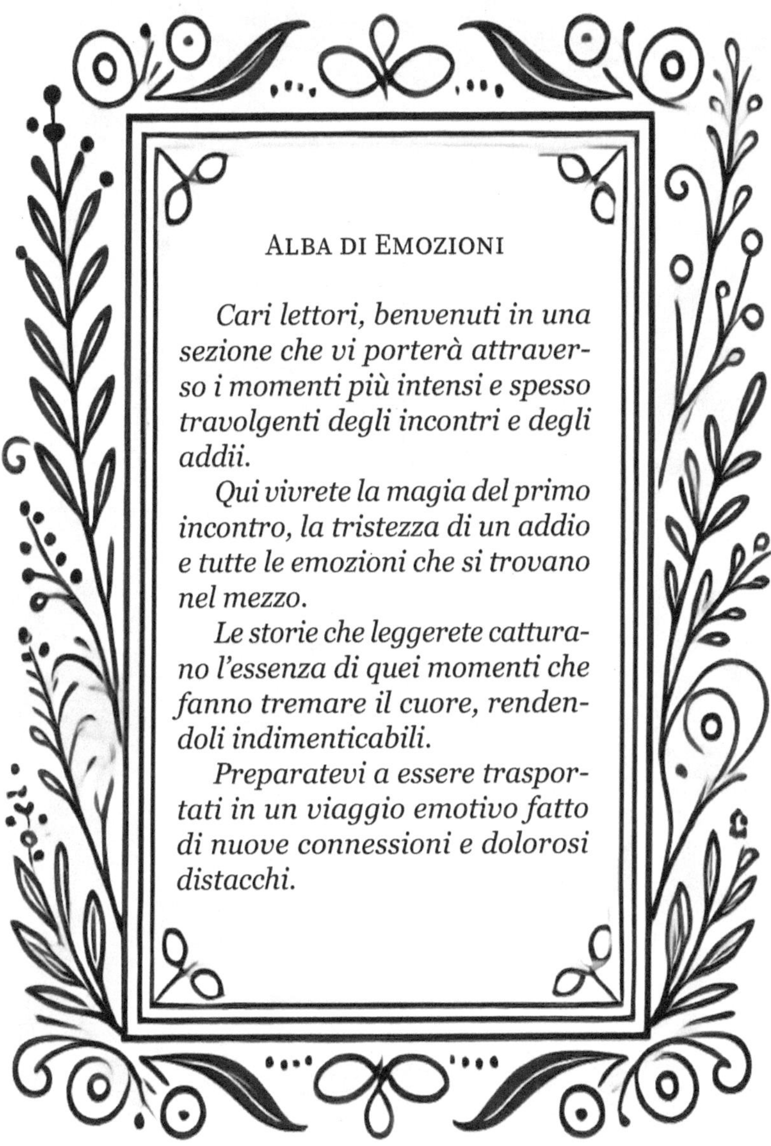

Alba di Emozioni

Cari lettori, benvenuti in una sezione che vi porterà attraverso i momenti più intensi e spesso travolgenti degli incontri e degli addii.

Qui vivrete la magia del primo incontro, la tristezza di un addio e tutte le emozioni che si trovano nel mezzo.

Le storie che leggerete catturano l'essenza di quei momenti che fanno tremare il cuore, rendendoli indimenticabili.

Preparatevi a essere trasportati in un viaggio emotivo fatto di nuove connessioni e dolorosi distacchi.

La Zingara

di Ciro Gallotti

Giovanni uscì dalla stazione. Triste e sconsolato andava scuotendo la testa. Ragioni per l'umore in cui si trovava ne aveva eccome: innanzitutto presto avrebbe dovuto lasciare la casa dell'amico che lo aveva accolto quando, rimasto senza casa, non sapeva dove andare, ma che non poteva più farlo; altra ragione, non meno importante, non aveva un euro: *manco cchiù ll'uocchie pe' cchiagnere*[1].

Ora, però, Giovanni non sapeva che ai suoi problemi avrebbe trovato rimedio – e che rimedio.

Era arrivato nei pressi di Gianturco e sempre triste, sconsolato, cercava di cavare dalla sua testa qualche soluzione, pensava quale amico, di quelli rimastigli, avrebbe potuto aiutarlo: cercava, cercava e cercava Giovanni una soluzione.

Il poveraccio era arrivato a questo punto, quando, improvvisamente, dovette distogliere l'attenzione dalla sua fatica. Davanti a lui stava forse quella che Giovanni poté, con il suo passato da grandissimo sciupafemmine, considerare la donna più brutta che avesse mai visto: era una zingara che all'apparenza poteva sembrare

[1] Neppure più gli occhi per piangere.

un'anziana donna ma che in realtà ne aveva solo l'aspetto. La zingara in questione era sì giovane ma il poco igiene e la sciatteria, la facevano apparire una donna ormai in là con gli anni; era inoltre grassa e bassa di statura. Preso com'era ad osservare tutto questo, Giovanni però non s'accorse che lo sguardo che la donna aveva piantato su lui diceva ben altro.

Sta di fatto che Giovanni, per superare la donna che non voleva guardare un minuto di più, prese ad aumentare l'intensità del suo passo, quasi sospettasse che qualcosa gli sarebbe accaduto se non si fosse sbrigato – e quel *qualcosa* accadde.

La donna, infatti, inspiegabilmente, nel momento in cui si vide passare Giovanni accanto, lo fermò con un stretta, dopodiché, con un violento gesto – che sembrava quello di un uomo – arraffò un pesante e pieno sacchetto di plastica dal suo passeggino, pieno di cianfrusaglie, e lo scaraventò sempre con violenza tra le sue braccia.

Non una parola, nessun'altro gesto compì la zingara, s'allontanò senza rivolgere il ben che minimo sguardo a Giovanni, che rimasto solo si lasciò sfuggire un lungo sospiro e disse, soltanto, tra sé e sé: «... *ca sfaccimma 'e paura!*[2]...»

Insomma, la vita è strana. Giovanni, una volta aperto, cosa aveva trovato nel sacchetto? Bracciali, collane e anelli d'oro e d'argento, tutta roba di valore da cui rivendendola avrebbe guadagnato un bel po' di soldi. Certo non aveva cambiato parere sulla donna: ma con quel regalo, perché no?, ora ne serbava un buon ricordo. Ma due giorni dopo l'accaduto e l'immediata vendita

---

[2] Che cazzo di paura!

che egli aveva fatto di tutto quel ben di Dio, però, la situazione s'era messa male. Dapprima, infatti, un rom che lui conosceva da anni, e che bazzicava la zona della stazione centrale, gli aveva raccontato di come alcuni suoi amici rom – gente poco affidabile aveva sottolineato – cercassero un uomo che aveva derubato uno di loro: di questa persona inoltre i rom gli avevano fatto un'attenta descrizione, e questa – e qui Giovanni quasi era svenuto – corrispondeva proprio a lui, a Giovanni.

«Io?» gridò Giovanni all'amico rom dopo il racconto fattogli.

«Giovanni, sì. Mi hanno spiegato bene, ha detto che questo che stanno cercando rubato loro sorella...» gli confermò il rom.

«E t'hanno fatto proprio 'o nnomme mio?[3]» chiese ancora Giovanni.

«Il nome no: ma tu sei quello che stanno cercando...» gli disse ancora l'amico.

«Ma chello me l'ha rato essa! te 'o ggiuro![4]» disse allora Giovanni gridando.

«Loro dice che tu rubato».

Insomma, non se ne usciva: che poi non era vero che dentro c'avesse trovato chissà che, quello che s'era rivelato essere d'oro o d'argento Giovanni l'aveva venduto, il resto... il resto non ricordava neanche che fine avesse fatto.

Comunque, Giovanni, risoluto, dopo la conversazione avuta con l'amico rom, decise che per un po' non si sarebbe fatto vedere nelle zone che proprio l'amico gli aveva indicato come quelle da evitare.

---

3 E ti hanno fatto proprio il mio nome?

4 Ma quello me l'ha dato lei! Te lo giuro!

I giorni passavano e Giovanni iniziava a convincersi che nulla ormai potesse più accadergli e che, come tante volte gli era successo nella vita, dal guaio ne fosse uscito senza danni... ma si sbagliava: Giovanni, alcune settimane dopo l'avvertimento del suo amico, fu trovato dai rom che lo cercavano.

Successe di notte, mentre si trovava a Gianturco, a quell'ora deserta: Giovanni non s'accorse di granché, sentì soltanto un fischio che lo distrasse, poi un dolore allucinate all'altezza del collo... Nient'altro.

Il povero uomo, quando rinvenne, s'accorse subito di quello che gli era accaduto: si trovava in auto, legato come un salame, imbavagliato, e i rom alla guida.

"...rapito... ma pe' cca cosa? pe' qquacche aniello e quacche bracciale d'argiento e d'oro? ma cchiste so' ppazze!...[5]" andava pensando Giovanni, più che mai disperato.

Si sforzò infine di parlare ma s'accorse egli stesso d'emettere soltanto mugolii, mugugni; si zittì definitivamente quando gli zingari, infastiditi, gli gridarono di non parlare.

Dopo chissà quanta strada percossa, di colpo, sentì l'auto fermarsi, poi fu trascinato fuori e così poté vedere dove si trovava: era finito in un campo rom pieno di gente e qualche animale, come galline e cani, ma soprattutto pieno zeppo di baracche e fu portato proprio in una di queste.

Una volta all'interno, uno dei rom prese a slegarlo. Adesso poteva parlare ma, subito, il rom gli disse: «Se tu parli io ti ammazzo».

---

5 Rapito... ma per che cosa? Per qualche anello e qualche bracciale d'argento e d'oro? Ma questi sono pazzi?

Giovanni tacque, immobilizzato dal terrore.

Intanto il rom, presa una sedia e piazzatagliela davanti, gli intimò di sedere: Giovanni lo fece e allora il rom, insieme agli altri con cui era entrato, scomparve. Giovanni a questo punto non poté più trattenersi, disperato si mise a piangere, ma proprio in quel momento sentì una mano sulla spalla.

«Chi è?!» Giovanni spaventato gridò.

«No, Giovanni, non avere paura, sono io...»

Giovanni rabbrividì, si volse a guardare alle sue spalle: sì! Era proprio la zingara che quel giorno gli aveva regalato tutta quella roba.

«Ma ca vulite 'a me?![6]» gridò ancora Giovanni.

«Tu come stare?» chiese la donna. Poi, portando una mano sul viso di Giovanni, aggiunse: «Sei pallido...»

«Pallido? Ma ca vuó?! Ma chi si'?![7]» Giovanni era esasperato.

«No no» disse però subito la donna. «Io sono tua amica».

«Amica?» chiese Giovanni, a cui non era sfuggita la dolcezza con cui la donna l'aveva detto.

«Sì» confermò la zingara e poi, arrossendo, continuò «ma io spero pure qualcosa di più».

Giovanni impallidì, piantò il suo sguardo colmo di disperazione negli occhi della zingara – quanto era brutta! – e allora tutto gli fu chiaro: la zingara s'era innamorata di lui.

«Aspetta ma tu pecché m'he dato chella busta? Pecché tu detto bucia a lloro?[8]» domandò Giovanni e con

---

[6] Ma che volete da me?!

[7] Pallido! Ma che vuoi?! Ma chi sei?!

[8] Aspetta ma tu perché mi hai dato quella busta? Perché tu detto bugia a loro?

la testa indicò la porta da dove era uscito uno dei rom che lo avevano portato fin lì.

«Loro sono miei fratelli...» s'affrettò a dire la donna. «Io dato a te quella busta – tu hai guadagnato qualcosa? sì? – perché così miei fratelli mi avrebbero aiutato...»

«Aiutato?» chiese confuso Giovanni.

«A portare te qui: io detto bugia, detto che tu hai rubato a me».

«E diglielo che io non ho rubato!» gridò allora Giovanni. «Chille m'accideno![9]»

«No, tu non ti preoccupare» disse la zingara e portò una mano al viso di Giovanni.

Questi non osava muoversi. Tutto era meglio che finire nelle mani di quei due che stavano ad aspettare fuori dalla baracca, i quali chissà cosa gli avrebbero fatto se si fosse ribellato alle parole e ai gesti colmi di amore della loro sorella.

«Siente, faccimmo accussì: io appena possibile te dongo chello ca t'aggia dà, damme 'nu poc' 'e tiempo, cioè alla fine 'e ca se tratta? 'e quacche anello, 'e quacche bracciale[10]».

La zingara non rispose. Si limitava a guardare Giovanni con un sorriso dipinto sul volto.

«Giovanni io volere altro...»

...

Giovanni aveva capito: la zingara lo voleva nel letto e non per dormirci insieme. Il disgraziato allora tacque, disperato.

---

[9] Quelli mi uccidono!

[10] Senti, facciamo così: io appena possibile ti do quello che ti devo dare, dammi un po' di tempo, cioè alla fine di che si tratta? Di qualche anello, di qualche bracciale.

«Tu ora capito?»

La donna intanto andava togliendosi i vestiti, una montagna di vestiti che andava gettando alla rinfusa sul pavimento della baracca.

«Sola una volta e poi tu puoi andare... Se tu accettare, io dico loro che niente è vero: loro arrabbiare, ma poi passare; se invece tu volere andare via loro picchiare te...» disse la zingara e aggiunse, precisando «loro non picchiato ancora pecché io detto loro di aspettare».

Proprio in quel momento i due rom che avevano portato lì Giovanni, timidamente, provarono ad aprire la sgangherata porta della baracca: la donna, come per provare a Giovanni chi comandasse, diede un urlo bestiale che fece immediatamente passare la voglia ai suoi fratelli di intromettersi.

Dopo l'urlo bestiale della donna, nella baracca il silenzio ritornò ad avvolgere Giovanni e la zingara, un silenzio che valeva più di mille parole.

Cos'altro dire? A Giovanni non restò altra scelta: per evitare di finire all'ospedale o, per non dire di peggio, sottoterra, doveva andare a letto con la zingara – e lui ci andò, e come se non ci andò.

E fu così che Giovanni, costretto, dovette cedere e concedersi per una notte – e che notte!

Un Giorno per Caso

di Alexandra Sebastian

Mattina presto di una calda giornata estiva, il mercato di un piccolo paese è pieno di gente.

Sono in attesa di pagare il mazzetto di bietole che ho acquistato quando, alle mie spalle, una voce mai dimenticata pronuncia il mio nome.

Resto per un istante immobile. La treccia, con cui ho preso l'abitudine di fermare i capelli ormai di un bellissimo color argento, si sposta sulla spalla nell'esatto istante in cui mi volto e ti vedo.

È trascorso tanto tempo dal nostro ultimo incontro, dall'ultima volta che ci siamo guardati negli occhi prima di salutarci per sempre. Allora, però, non lo sapevamo... o forse sì.

Con te era sempre tutto altalenante, un momento c'eri e un momento dopo eri già scomparso.

Con il tempo ho capito questo tuo modo di essere... alle volte è più semplice non guardarsi dentro, non ascoltare le proprie emozioni, non dar spazio a nessun tipo di sentimento per non doversi mettere in discussione.

Ecco, era proprio questo rimetterti in gioco che non volevi più fare, le ferite del passato ancora non le avevi superate ed io non potevo aiutarti... ci sono strade che si devono percorrere da soli per affrontare i propri demoni.

Ti dissi tutto questo in una notte in cui registrai un lungo audio nel quale mi spogliai di tutte le mie incertezze nel raccontarti di come tu apparivi ai miei occhi, di come ti ho sempre visto, di come ti percepivo quando eri con me, del tuo essere il vero te stesso solo in alcuni momenti, quando il tenere indosso la maschera dell'indifferenza pesava troppo... e allora tornavi ad essere tu, semplicemente tu.

Io vedevo oltre ciò che mostravi al mondo per non essere ferito nuovamente, vedevo la tua fragilità, la tua empatia, il tuo essere estremamente complesso ma, ai miei occhi, così dannatamente vero.

Tutto... ti dissi tutto... e ne seguì un lungo silenzio da parte tua ed il tuo distacco.

Volevamo semplicemente due cose differenti dal nostro rapporto: io più concretezza, tu più leggerezza.

A modo mio ti avevo salutato... lo sapevo io e lo sapevi tu.

Le nostre strade così si separarono, ma il destino a volte ha più fantasia di noi e alcuni mesi dopo, durante uno dei miei soliti fine settimana a Torino, ti incontrai di nuovo un giorno di fine gennaio.

Attraversando uno dei tanti meravigliosi ponti di questa città li vedo, piccoli lucchetti concatenati l'uno all'altro, colorati e intimi, e li trovo come sempre bellissimi.

Ciascuno ha una storia da raccontare, ne sono sicura, e mi piace pensare siano tutte di innamorati felici, ancora insieme come il giorno in cui le loro mani hanno chiuso quel lucchetto e gettato nel fiume la chiave.

Mi avvicino e ne prendo uno tra le dita sfiorandolo.

Due iniziali ed un piccolo cuore occupano tutto lo spazio... solo l'amore occupa tutto lo spazio, sempre.

Ho deciso di incontrarti nuovamente perché non

sono capace di stare lontana da te ma questo tu non lo sai.

Sarebbe semplice accettare che alcuni incontri vadano come devono andare ma di questo il cuore ne è ignaro... sei quella persona che sceglierei ogni volta.

Persa in questi pensieri sono arrivata a casa, quella casa che abbiamo condiviso nel tempo trascorso insieme.

Sono passati mesi dall'ultima volta in cui siamo stati qui e nel girare la chiave nella serratura i ricordi affiorano prepotentemente.

Quanto amore strappato al cuore, e di tutto questo sentimento versato a gocce restano queste stanze solo tue, solo nostre, queste mura che parlano di te, di me, di noi... e se ti capitasse di inciampare in queste parole, semplicemente penseresti "io lo so"... Già, lo sai, anche io lo so e non riesco a dimenticare.

Mi accorgo che sto posticipando quello che sarà il nostro incontro, è come se ti temessi e forse un po' è così...

"Sono arrivata da poco... dove ti raggiungo?". Guardo le parole scritte sul telefono e premo invio... indietro non si può tornare, non più.

La tua risposta non tarda ad arrivare e mi dici che passerai a prendermi tu.

Non mi chiedi di salire... non lo faccio nemmeno io... ed è la prima volta che succede e non so cosa aspettarmi.

Sembra passata un'eternità ma in realtà sono soltanto minuti, quando mi scrivi: "sono qui, scendi?".

Mi ritrovo a correre lungo i cinque piani di scale che ci separano. Ma cosa sto facendo? Mi fermo all'improvviso, non voglio correre da te... voglio camminare con te... ma non posso dirtelo.

Apro il portone e tu sei lì. Girato di lato mi permetti di guardarti senza essere vista.

Mi emozioni, da sempre, e sempre sarà così.

È come se in questa strada ci fossimo solo noi due, è come se tutto attorno per un istante fosse scomparso, poi ti volti verso di me e sorridi... sì, proprio così, sorridi, tu che raramente lo fai, ed il cuore torna a battere ed io a respirare.

Guidi piano, nell'abitacolo si diffonde la musica che piace a noi.

Ho la sensazione che tu sia altrove con i pensieri... ti guardo e tu fai lo stesso, ed ecco che per la seconda volta accenni ad un sorriso quasi a volermi rassicurare.

Il belvedere in cui mi porti ad ammirare la città dall'alto è meraviglioso. Scherziamo, ridiamo, vorrei mi dicessi che ti sono mancata ma non lo fai.

Questa sera so cosa vuoi farmi capire, so che vuoi dimostrarmi che saresti capace di far prendere una direzione diversa al nostro frequentarci, che potresti portarlo ad un livello più concreto ma comprendo che tra le parole che non dici c'è il desiderio di non farlo... non vuoi tornare ad essere imprigionato in una relazione che potrebbe, secondo il tuo punto di vista, farti soffrire di nuovo.

Vorrei dirti che non tutte le donne sono uguali, che non tutte fanno soffrire chi amano costringendolo a vivere una vita soffocante.

Vorrei dirti che io per te desidero soltanto il meglio, vederti realizzato, coltivare i tuoi talenti, esprimere te stesso attraverso ciò che ti appassiona. E se poi vorrai condividere la tua euforia e la tua soddisfazione con me raccontandomi, confrontandoti, condividendo i tuoi successi... ed i tuoi insuccessi... io sarò lì ad ascoltarti, a supportarti, perché è questo che porta ad unire due persone... senza mettere gabbie, senza demotivare l'altro, senza precludergli di essere se stesso.

Ma non ti dico nulla, in fin dei conti non mi hai mai chiesto come vedessi io una relazione tra due persone, probabilmente non era un argomento per te importante e abbiamo vissuto il momento senza dare mai una definizione a questo "noi".

Apprezzo che tu abbia trovato un modo tutto tuo per farmelo capire senza ferirmi, alle volte le parole possono fare male più delle azioni.

Per la prima volta da quando ti conosco ti trovo meno sicuro di te, non sai come comportarti con me, lo percepisco, così mi gioco l'ultima carta che ho a disposizione, non sono un giocatore ma so bluffare anch'io e stasera per un po' l'ho fatto.

Ti propongo una pizza da portare a casa.

Silenzio... un lungo silenzio.

Lentamente alzi gli occhi e mi guardi, finalmente mi guardi, sono pronta ad un tuo rifiuto... o forse no...

«Volevo vedere quanto tempo ci avresti messo a proporlo».

Che strani che siamo noi due... impareremo mai a raccontarci ciò che ci passa per la testa?

L'ascensore non funziona e così ci aspettano i cinque piani che ci separano da quella che mi piace definire "casa" tutte le volte che mi trovo in questa città.

Giro la chiave nella serratura e accendo le luci, sono questi gesti così dannatamente naturali con te a fianco che mi portano, per un istante, a desiderare che si possano ripetere nel tempo.

Conversiamo come due vecchi amici ma, guardandoti, provo la sensazione che tu voglia chiedermi qualcosa, sei curioso ed il tuo sguardo sbarazzino non mente, so che hai delle domande inerenti il lungo audio di quella notte, so che ci sono cose che ti ho detto che necessitano di spiegazioni da parte mia ma non ho voglia di affrontare discorsi che è meglio lasciare dove stanno, così faccio finta di nulla, sconfinare in alcuni argomenti potrebbe svelare ciò che provo per te ed in questo momento voglio tenerlo per me. Abbiamo tutti dei segreti, no?

Mentre sistemo la cucina mi arriva il suono del tuo respiro regolare.

Ti sei addormentato.

Prendo una coperta dall'armadio e te la metto addosso, attenta a non svegliarti.

Ecco, adesso posso finalmente tornare a guardarti senza la paura che tu possa scorgere l'amore che ho per te... perché è questo che provo... un amore grande... immenso... inconfessabile.

Una ruga ti increspa la fronte, hai preoccupazioni che ti tormentano, me lo hai detto questa sera. Vorrei poterle mandare via, farle magicamente scomparire ma non posso.

Così resto accanto a te in silenzio.

Lentamente i tuoi occhi si aprono ed incontrano i miei, mi guardi e sorridi... o forse ridi di me.

Apri le braccia e mi sussurri all'orecchio: «vieni qui» e così racchiudi in un abbraccio tutto ciò che è tuo e che lo resterà sempre.

L'alba entra prepotentemente nelle nostre vite e mi porta a realizzare che il nostro tempo insieme volge ormai al termine. Tra poco il suono della sveglia ci riporterà alla nostra quotidianità, ai nostri impegni, e vorrei che il tempo si fermasse ora.

Ti sento cantare sotto la doccia e anche se sei un po' stonato la tua voce come sempre mi fa venire i brividi, e penso a come potrei stare se non la sentissi più.

Se oggi fosse l'ultima volta che posso vivere tutto questo, sarei pronta a dirti addio? Certo che no e più volte mi sono chiesta, durante la notte mentre ti guardavo dormire, come sarebbe svegliarmi con te accanto ogni mattina. Conosco già la risposta ma la metto via, il cuore non deve ascoltarla, la vita ha altri piani.

Sei di spalle, pronto ad uscire da quella porta che ci dividerà per un tempo indefinito, quando ti volti verso di me, mi abbracci e baciandomi sulla fronte sottovoce mi dici: «Fai la brava».

«Sempre» rispondo senza guardarti negli occhi.

Salutarti mi fa ogni volta un po' male al cuore, ecco perché non ho voluto mi accompagnassi in stazione.

Preferisco avere il ricordo di noi in questa casa tutta nostra, in questi momenti strappati al quotidiano in cui tutto ha un'emozione diversa.

Ti rivedrò? Non lo so.

Ci sarai ancora per me un giorno? Non lo so.

Torneremo in questa casa insieme? Non lo so.

Continuerò ad amarti? Sempre.

E torno al presente, ad un oggi così lontano da quel tempo, così scadenzato da giornate tranquille e da pensieri meno tormentati.

Ho ripensato tante volte a quel nostro ultimo incontro, a ciò che non ho avuto il coraggio di dirti, chiedendomi: "Chi sono stata io con te?".

E semplicemente mi son detta che sono stata colei che non ti camminava a fianco, colei che viveva all'ombra della tua vita, colei che da dietro un vetro ti osservava, ti ammirava e ti comprendeva. Insomma, semplicemente ti amava senza potertelo dire.

Sono stata colei che, prima di addormentarsi, si sistemava il cuscino, si girava verso il lato del letto che solitamente occupavi tu, sussurrandoti tra il sonno e la veglia "buonanotte a te... incontriamoci nei sogni".

Sono stata colei che restava in silenzio quando lo facevi tu, non per orgoglio e nemmeno per rancore... ma per amore.

Sono stata colei che prima di scriverti "ciao come stai?" cancellava e riscriveva almeno dieci volte la stessa frase.

Colei perennemente insicura, impaziente, fragile, scontrosa, ma che con te non riusciva mai ad essere arrabbiata.

Sono stata colei che non ha mai creduto esistesse qualcuno capace di incastrarsi perfettamente nel suo complesso mondo... ma poi ti ho incontrato.

E sai, mi sono chiesta allo stesso modo "Chi sei stato tu per me?".

Sei stato colui che è entrato nella mia vita con l'irruenza di un uragano scompigliando il mio cuore e la mia mente... un meraviglioso vento impetuoso.

Colui che non voleva legami, che continuava a ripetere "non ho più nulla da dare" ma in alcuni momenti il tuo sguardo indifeso e desideroso di amore, di comprensione, di non essere giudicato, urlava il contrario. Sì, io lo vedevo... sarò stata una visionaria ma io lo vedevo.

Sei stato semplicemente colui che mi completava con la sua presenza, che mi emozionava con la sua voce, colui che quando condividevamo lo stesso spazio non aveva bisogno di parlare; i silenzi alle volte hanno al loro interno conversazioni meravigliose.

Sei stato colui al quale non ho potuto dire nulla di tutto questo, ne avresti avuto paura, ti saresti sentito in trappola e te ne saresti andato via per sempre.

Ed infine mi sono ritrovata a domandarmi: "E noi? Chi siamo stati noi?".

Sinceramente non lo so, non so nemmeno se sia esistito un noi.

Siamo stati due mondi che nella loro complessità si sono incontrati, si sono desiderati e poi allontanati, tormentati dalle proprie paure.

Ci siamo isolati con i nostri pensieri convinti che nella solitudine l'altro potesse svanire... ma non è così... non per me. Tu sei rimasto sempre lì sul lato destro del cuore.

Mi piaceva pensare che in qualsiasi tempo ed in qualsiasi luogo avremmo sempre trovato il modo di non dimenticare l'attimo prima di quell'ultimo bacio... il ricordo indelebile della prima volta in cui le nostre mani si sono sfiorate.

L'unico mio grande rimpianto è di non aver mai avuto il coraggio di dirti ciò che realmente provavo, dirti che quel mio sentimento non doveva per forza essere corrisposto.

Dirti che avrei soltanto voluto essere per te un piccolo spazio di felicità, avrei voluto trasmetterti la certezza che, in ogni giorno di qualsiasi tempo, in ogni distanza di qualsiasi luogo, mi avresti sempre ritrovato pronta ad accoglierti con un sorriso ed un cuore mai carico di recriminazioni.

Dirti che avrei voluto essere per te quella persona capace di capirti, di accoglierti, di confortarti e di ascoltarti... sempre.

E invece non ho detto nulla, mi è mancato il coraggio.

Così sei uscito dalla mia vita all'improvviso senza avvisare, nessuno scontro, nessun motivo specifico, ad un certo punto sei scomparso ed io sono rimasta con addosso un misto di sorpresa, stupore, dispiacere... attonita, confusa, arresa.

E non ho fatto altro che accettare senza comprendere. Perché c'è sempre un motivo che porta ad allontanarci, mi sono ripetuta più volte, ma nel profondo sentivo che in quei momenti insieme non ero sola, esisteva un "noi" anche se sembrava così non fosse.

Le paure spesso sono ostacoli che non possiamo comprendere ma quando due anime si toccano... le impronte restano.

Sono trascorsi ben quindici anni da quel giorno, quindici lunghissimi anni.

L'abbronzatura che hai è sempre la stessa ma tu sei così al primo raggio di sole che annuncia la primavera in arrivo, qualche ruga in più e qualche filo d'argento tra i capelli un po' più radi.

Togli gli occhiali da sole che non mi permettono di vedere i tuoi occhi e sorridi. Sì, sorridi, proprio tu, ed è come se ti avessi salutato ieri, stessa familiarità, stessa emozione... ed il cuore lo sa, ha camminato in silenzio accanto al tuo per tutto questo tempo.

Mi domandi come mai mi trovo in questo piccolo paese e rispondo che finalmente ho potuto realizzare, alcuni anni fa, il mio più grande desiderio di trasferirmi qui.

Mi chiedi dei ragazzi, del lavoro, ma non se divido la mia vita con qualcuno.

E mi ritrovo attenta alle parole che uso nella conversazione, attenta a non chiedere ciò che forse non voglio sapere... non sarò mai pronta a saperti accanto ad un'altra donna, anche se spesso mi sono augurata che potessi trovare qualcuno capace di vedere l'uomo meraviglioso che sei e che sapesse, con amore infinito e pazienza, guarire le tue ferite e portare serenità nel tuo animo tormentato.

Dopo di te ho riempito le mie giornate di mille cose da fare e un passo dopo l'altro ho trovato la mia giusta dimensione, convincendomi che il tempo avrebbe sbiadito il tuo ricordo. Beh, guardandoti ora comprendo che è stata soltanto un'illusione... ma questo lo tengo per me.

Il tempo trascorre lento... veloce... non riesco a definirlo... mi pervade finalmente quella pace che ho atteso per tutti questi anni trascorsi senza di te.

Ti rivedrò? Non lo so.

Ci sarai ancora per me un giorno? Non lo so.

Continuerò ad amarti? Sempre.

Albergo a Ore

di Fabio Losacco

1

Quella mattina Vanessa era emozionata come non le capitava da molto tempo.

Aveva compiuto 45 anni da pochi giorni e dire che fosse ormai una donna fatta era decisamente un eufemismo ma, ugualmente, in quel momento si sentiva come una ragazzina al primo appuntamento.

Del resto quello era. Un primo appuntamento. Con uno sconosciuto.

Però non era proprio uno sconosciuto.

Con Ettore avevano parlato moltissimo dopo aver fatto "match" in una delle tante chat di incontri. Prima messaggi, poi lunghe chiamate ed infine, come era naturale che fosse, il grande, atteso, sofferto giorno dell'incontro dal vero.

Non c'era nulla di male in fondo.

Erano due persone adulte e pienamente consapevoli di quello che stavano facendo, solo che erano entrambi sposati, ed entrambi con figli. E Vanessa non solo non aveva mai tradito suo marito ma nemmeno si era mai trovata, anche per un solo istante, a desiderare di farlo.

Anche per Ettore era la stessa cosa, almeno così le aveva assicurato e lei non aveva motivo di dubitarne.

Entrambi avevano preso un intero giorno libero dai rispettivi impegni di lavoro per stare assieme e non essere pressati dalla fretta.

Erano settimane che preparavano la cosa, comprese le diverse giustificazioni da utilizzare qualora fossero sorte delle complicazioni inaspettate.

"Un piano perfetto" si era detta, anche se quella frase la faceva sorridere per quanto le pareva esagerata.

Si dovevano incontrare all'uscita di Firenze Impruneta, dove c'era un vasto parcheggio con un gran via vai di gente. Sarebbero stati gli occhi di tutti a renderli anonimi, perché nessuno nota la singola rondine all'interno di uno stormo.

Vanessa era in anticipo, come sua abitudine, ed era scesa dall'auto ad aspettarlo.

Il cielo era azzurro, la temperatura mite, la primavera inoltrata. Tutto era perfetto per far passare qualche minuto, magari dando la possibilità al tamburo del suo cuore di rallentare un po'.

Lui arrivò subito dopo, anche lui in anticipo ed anche lui con una gran voglia di vederla e di dare un volto alla voce e alle infinite parole.

Quando Ettore stava ancora parcheggiando lei lo aveva già riconosciuto.

«Tutte le donne sono un po' streghe» le ripeteva sempre sua madre ed ora anche lei ne aveva avuto la riprova.

«Vanessa, vero ?» disse lui, avvicinandosi con passo sicuro.

Era decisamente un uomo di classe, alto, slanciato e con indosso vestiti sportivi ma di gusto. Sfoggiava due occhi neri, profondi ed intelligenti, che esprimevano la soddisfazione di averla finalmente davanti a sé. Vanessa capì subito di essergli piaciuta e fu compiaciuta ancora di più del fatto che la cosa fosse innegabilmente reciproca.

«Ettore?».

In quell'istante si accorse che il suo cuore si era stranamente calmato.

Entrambi ebbero la medesima sensazione di conoscersi da sempre.

«Sei molto attraente se posso permettermi» disse lui.

La sua voce, senza essere filtrata dal microfono, le sembrò ancora più bella.

«Anche tu sei un bell'uomo» disse Vanessa e sentì che il suo volto si tingeva di rosso come quando le capitava di mangiare troppe fragole. Del resto era proprio quella la loro stagione.

Il momento tanto atteso era arrivato e tutti e due erano evidentemente affascinati ed imbarazzati al tempo stesso.

Forse, al parcheggio dell'autostrada, si stava compiendo una piccola magia.

La stessa in cui entrambi speravano ardentemente.

I rispettivi marito e moglie, figli e figlie erano in quel momento lontani e c'erano solo loro due.

Vanessa vinse la sua naturale ed inguaribile timidezza e depositò sulla guancia di Ettore un bacio leggero.

Lui sapeva di dopobarba e di buono, mentre lei aveva invece un profumo semplice e leggero fatto dell'essenza di fiori.

Un attimo dopo erano in macchina e si stavano lasciando Firenze alle spalle.

2

La camera era piccola e pulita, arredata con un'evidente eleganza minimalista.

Entrambi si erano tolti i soprabiti e li avevano abbandonati sulle due sedie che erano ai piedi del letto. Poi avevano stappato la bottiglia di spumante che avevano comprato ad un autogrill prima di arrivare.

Infine avevano brindato con i bicchieri di carta e fatto con la bocca il rumore che avrebbe dovuto accompagnare l'incontro dei cristalli.

Come due ragazzini.

«Sono felice di essere qui con te» disse lui. Aveva un sorriso che esprimeva gioia e sincerità.

«Anche io sono molto contenta».

In quel momento non le importava di aver raccontato delle bugie all'uomo che aveva accanto da tanti anni e che era il padre dei suoi due figli. In fondo era stato lui a dimostrarsi incapace di soddisfare le sue esigenze. Magari succedeva a tutte le coppie, prima o poi, solo che tanti preferivano fare finta di nulla.

Lei però non ci era riuscita. Ecco tutto.

«Non c'è nulla di male in quello che stiamo facendo» disse Ettore, come se avesse la capacità di leggerle nei pensieri.

«Ne sono convinta. Altrimenti non sarei qui».

Lui le prese la mano e la sentì fredda.

«Non hai paura vero? Non voglio che tu ti senta in ansia per colpa mia».

Ma Vanessa non era per niente in ansia. Al contrario. Stava così bene, con lui, e non desiderava altro che andare avanti.

Del resto, sia lei che Ettore avevano dei desideri che i rispettivi compagni non erano mai stati in grado di soddisfare ed avvicinandosi a grandi passi verso il mezzo secolo entrambi avevano semplicemente compreso quanto fosse stupido continuare a rinunciarvi.

«Io sono pronta» disse semplicemente.

«Anche io. Ho portato tutto il necessario e davvero non aspetto altro» rispose Ettore con altrettanta semplicità.

Vanessa sentì un tuffo al cuore.

Il momento tanto desiderato era arrivato e adesso erano soli in quella piccola stanza con tutto il resto della loro vita chiuso finalmente fuori dalla porta.

Lei pensò che, se anche solo un mese fa, le avessero raccontato ciò che stava per accadere non ci avrebbe mai creduto.

Adesso invece avvertiva solo il rimpianto di non essersi decisa prima. Insieme al desiderio di recuperare tutto il tempo perduto.

Lui si alzò e andò ad aprire la valigetta che aveva appoggiato sulla piccola scrivania che completava l'arredamento della stanza.

«Sono certo di avere bene interpretato i tuoi gusti, Vanessa. Che poi sono anche i miei».

«Lo so bene. Ho capito fin da subito quanto fossimo affini».

Ettore sorrise. Anche lui era emozionato ma pensava fosse poco virile mostrare la sua momentanea debolezza. In fondo era un uomo all'antica, anche se adesso si trovava in una camera d'albergo con una donna che non era sua moglie.

Vanessa sorrise. Chissà perché ogni parola che sentiva pronunciare da quell'uomo le sembrava sempre così perfettamente adatta al momento e al suo stato d'animo. Quella sensazione non l'aveva mai provata con suo marito, nemmeno quando erano giovani ed erano capaci di passare interi pomeriggi in infinite sessioni amorose dalle quali uscivano appagati e spossati.

«Vanessa, ieri ho pensato a un gioco che potrebbe rendere tutto più interessante. Solo se ti va, ovviamente.

Non voglio importi nulla che tu non condivida».

A lei venne quasi da ridere.

Sapevano entrambi cosa desideravano ed erano consapevoli di trovarsi assieme proprio per colmare reciprocamente i vuoti delle loro vite. Avevano gli stessi desideri e se lo erano ripetuto fino alla noia, stupiti di trovare, l'una nell'altro, un groviglio di così identici sentimenti, desideri ed emozioni.

E allora a cosa avrebbe mai potuto opporsi?

«Per me va bene. Mi affido completamente a te».

Ettore tirò fuori dalla sua borsa un nastro di seta nera che luccicava alla luce soffusa della finestra.

«Vorrei bendarti e poi che ti distendessi sul letto. Ti va?».

Vanessa annuì. Era eccitatissima da quell'idea.

Lui, con delicatezza, le coprì gli occhi e con altrettanta delicatezza l'accompagnò mentre si adagiava sul letto.

Il cuscino era morbido e sapeva di sapone e di ammorbidente.

Ettore era stato bravo a scegliere quel posto. E se ci fosse venuto con altre donne per fare la stessa cosa che stava per fare con lei? Si sentì per un attimo trafiggere dal dardo avvelenato della gelosia, poi però lasciò che la cosa le scivolasse via lontano. Adesso voleva solo godersi quel momento tanto atteso e tutto il resto poteva aspettare.

«Sei pronta?».

Lei fece di sì con la testa.

Sentì Ettore armeggiare ancora nella sua borsa e poi percepì un movimento del letto.

Capì che lui si era seduto accanto a lei.

«Allora comincio».

Vanessa non stava più in sé dall'impazienza.

La voce di Ettore divenne improvvisamente profonda ed allo stesso tempo ancora più suadente.

Ed iniziò.

«*Molti anni dopo, di fronte al plotone di esecuzione, il colonnello Aureliano Buendía si sarebbe ricordato di quel remoto pomeriggio in cui suo padre lo aveva condotto a conoscere il ghiaccio*».

Lei rimase per un istante interdetta. Conosceva bene quell'incipit ma, forse per l'emozione, non riusciva a trovarne l'incastro nel puzzle della sua memoria. Magari però era solo troppo arrugginita dalla vuota monotonia della sua vita quotidiana.

Dopo una piccola, studiata, pausa, degna di un attore consumato, Ettore continuò.

«*Macondo era allora un villaggio di venti case di argilla e di canna selvatica costruito sulla riva di un fiume dalle acque diafane che rovinavano per un letto di pietre levigate, bianche ed enormi come uova preistoriche. Il mondo era così recente, che molte cose erano prive di nome, e per citarle bisognava indicarle col dito*».

Come aveva fatto a non riconoscerlo subito? Si sentiva proprio una stupida!

«L'ho riconosciuto!» disse con tono trionfante e, pur senza vederlo, percepì la luce del bel sorriso di Ettore.

«Lo so che sei bravissima» disse lui accarezzandole lievemente la mano.

«Continua a leggere, ti prego. Hai una voce bellissima».

E lui continuò.

3

Quando uscirono dalla camera avevano letto quasi un terzo del romanzo, ridendo, commentando e commuovendosi ad ogni singola frase e ad ogni singolo passaggio.

Lei era stata bendata per un bel po', poi però si erano scambiati i ruoli e Vanessa aveva scoperto quanto la gratificasse leggere quelle splendide parole per quell'uomo che, pur conoscendola appena, sembrava in grado di condividere ogni incastro delle ruote dentate del suo animo.

All'imbrunire purtroppo erano stati costretti ad interrompersi. La giornata era volata via leggera ed ognuno doveva riprendere gli usuali percorsi della propria esistenza.

«Vorrei ci vedessimo ancora» le disse Ettore con voce bassa ma ferma.

Lei si voltò e gli depositò un bacio lievissimo sulle labbra asciutte per le troppe parole che avevano pronunciato.

«Anche io voglio rivederti».

Il portiere dell'albergo, con aria indifferente, li guardò scendere ed uscire tenendosi per mano.

Le coppiette clandestine che popolavano quel posto quasi mai si tenevano per mano quando uscivano.

«Innamorati» si disse.

Poi riprese a leggere il libro che aveva davanti.

Prima Visione

di Fabio Losacco

Quando entrai nel cinema era il primo pomeriggio di un giorno di fine inverno e, come spesso mi accadeva, ero l'unico spettatore.

«A te piacciono solo i film da rincoglioniti» si premurava ogni tanto di ricordarmi un vecchio amico che, invece, preferiva i blockbuster americani, pieni di effetti speciali e battaglie spaziali. E, in fondo, non aveva poi tutti i torti.

Era proprio quello infatti il motivo per cui, di sovente, nessuno gradiva accompagnarmi nelle mie esperienze cinematografiche.

In aggiunta poi al mio latente e storico snobismo, quando ne avevo la possibilità preferivo scegliere gli orari meno frequentati anche se, a dire il vero, i film che più mi interessavano raramente potevano contare su un pubblico numeroso.

Quel giorno, poi, nel cinema multisala vicino a casa proiettavano un film di una cineasta coreana di cui avevo letto ottime recensioni e a me era sembrata un'occasione da non farsi sfuggire.

Naturalmente la pellicola era in lingua originale e sottotitolata, cosa che mi dava anche parecchio fastidio, ma che era abbastanza comune per quei film che non avrebbero avuto spettatori sufficienti a coprire i costi del doppiaggio.

Del resto, è noto a tutti come la cultura non pagasse mai più di tanto.

Scelsi quindi con cura il mio posto, centrale e a metà della sala, dove, per le persone più alte come me, fosse possibile far scivolare in avanti il bacino e distendere le gambe.

Quindi, una volta sedutomi comodo, mi misi in attesa dell'inizio dello spettacolo.

Dopo poco le luci si spensero per far iniziare la solita, inutile litania di pubblicità e trailer.

Fino a quel momento ero rimasto l'unico padrone della sala ma, quando le luci si riaccesero, sentii dei passi.

Nonostante l'ora e la particolarità della pellicola che stava per essere proiettata, ero evidentemente destinato ad avere compagnia.

La curiosità di scoprire chi fosse il mio sodale in quell'avventura mi avrebbe anche spinto a voltarmi ma mia madre mi aveva insegnato quanto fosse maleducato ostentare curiosità e così decisi, per il momento, di lasciare perdere.

Il rumore dei passi proseguì ancora un po', amplificato dall'eco della sala vuota, e mi parve potessero appartenere a dei tacchi femminili.

Dopo qualche istante infatti la vidi.

Si trattava effettivamente di una donna, certo non più giovanissima ma ancora assolutamente attraente e che camminava con un portamento assai elegante, se non addirittura principesco. Aveva una chioma di ricci neri e voluminosi che le ricadevano sulle spalle, un soprabito bianco leggero che le lasciava scoperte delle gambe che erano un inno alla creazione del mondo, e un paio di occhiali da sole come quelli della Hepburn in Colazione da Tiffany.

Completavano il tutto due labbra carnose esaltate da un rossetto rosso fiamma.

Arrivata alla mia fila si fermò ed iniziò a guardarsi intorno, come se fosse indecisa sulla scelta del posto. Io, intanto, continuavo a scrutarla tenendola ai margini del mio campo visivo e cercando di evitare l'imbarazzo di incrociare il suo sguardo.

Ma cosa ci faceva una donna così elegante da sola al cinema alle quattro di un pomeriggio di fine inverno? Non potevo fare a meno di chiedermelo.

Dopo qualche istante di apparente indecisione si avvicinò e, lasciandomi totalmente stupito, venne a sedersi proprio accanto a me, non prima di essersi tolta il soprabito ed aver esposto, alla vista delle umane genti, un seno rigoglioso esaltato dalla profonda scollatura.

Io, senza nemmeno rendermene conto, avevo smesso di respirare.

Lei si voltò e mi rivolse un sorriso di saluto mentre si toglieva gli occhiali e li riponeva con cura nella custodia.

I suoi occhi avevano un taglio vagamente esotico ed erano di un celeste addirittura trasparente, come quello dell'acqua appena sciolta dai ghiacciai.

Io mi sentii rabbrividire.

In fondo quella donna non aveva poi fatto nulla di così tanto sconveniente da suscitare il mio violento turbamento, ma la situazione mi pareva ugualmente molto inconsueta e, soprattutto, assai eccitante.

Con studiata lentezza accavallò poi le gambe e scoprì di più le sue cosce, insieme tornite e muscolose. Certamente era una di quelle donne che passano molto tempo in palestra e mi venne naturale pensare che anche il suo sedere dovesse essere, allo stesso modo, meravigliosamente tonico.

Le luci si spensero e il film iniziò.

La bellezza sconosciuta sembrava molto concentrata sulla pellicola mentre io lo ero assai di meno perché il mio sguardo non riusciva proprio a restare puntato sullo schermo.

Troppo attraente quel corpo che era accanto a me per non prendere facilmente il sopravvento su un film coreano, e per di più sottotitolato.

Dopo una decina di minuti, quando meno me lo aspettavo, lei si voltò di nuovo verso di me e rimase fissa a guardarmi. Io mi sentii avvampare e, dopo qualche istante di titubanza, anche io mi voltai.

«Una pellicola molto interessante vero?» le dissi cercando nel mio repertorio un'espressione che non apparisse troppo idiota.

Lei si limitò a sorridere mentre con la mano iniziava a sfiorarmi la coscia.

Ma tutto questo stava succedendo sul serio?

Davvero lei mi stava esplicitamente incoraggiando a farmi avanti? Una donna così attraente che avrebbe potuto avere un esercito di giannizzeri adoranti ai suoi piedi, perché mai doveva provocare uno sconosciuto di mezz'età, con la capigliatura rarefatta e tutt'altro che irresistibile?

La sua mano mi strinse la coscia con decisione e poi iniziò a salire.

Le sue intenzioni ora erano chiare e solo un folle poteva scegliere di ignorarle.

Intanto, in un attimo, era arrivata quasi a sfiorarmi l'inguine e la mia eccitazione era diventata tanto incontrollabile quanto evidente.

Nella penombra lei continuava a fissarmi ed io ricambiavo il suo sguardo, abbagliato dai suoi occhi e dalla sua espressione che trasudava provocante malizia.

Tutto il mio interesse per la cinematografia asiatica

era adesso totalmente evaporato! Un momento dopo arrivò a toccare il mio sesso ed improvvisamente lo strinse con decisione. Il suo sorriso si aprì come il cielo dopo un temporale ed il suo volto brillò della luce dell'eccitazione.

O almeno a me parve così.

Allora la baciai.

Lei non si oppose ed aprì la bocca che sapeva di tutto quello che di buono si poteva trovare nel mondo. Chiusi gli occhi e sentii la sua mano che iniziava a muoversi.

A quel punto mi venne spontaneo cercare il suo seno e lo trovai grande e sodo, a stento trattenuto dal reggiseno.

"Forse è solo un sogno" pensai, ma la sua lingua e la sua mano, che nel frattempo mi aveva abbassato la lampo dei jeans, erano lì per dimostrarmi il contrario.

Preso dalla passione iniziai ad accarezzarle le gambe avvolte nelle calze e dedicai una breve e silenziosa preghiera al Dio pagano dei libertini, supplicando che la mia incantevole sconosciuta non indossasse i collant.

Capii di essere stato esaudito quando i polpastrelli avvertirono il calore della pelle increspata dai brividi.

Lei allora si sollevò un po' la gonna, senza che le nostre bocche rinunciassero al reciproco contatto. Anche il suo respiro sapeva di buono.

Di bosco.

Di cielo.

Di mare.

E dello zolfo dell'inferno dei lussuriosi.

Senza incontrare alcuna resistenza arrivai a scostarle le mutandine.

La sua intimità era liscia, rovente ed umida.

In quel momento mi sembrò di avvertire del movimento alle nostre spalle. Che fosse la maschera del cinema? A quell'ora e con due soli spettatori che diavolo girava a fare?! Voltai lievemente gli occhi ma senza smettere di giocare con la sua lingua che non avrebbe certo sfigurato con quella del serpente che aveva condannato la progenie di Adamo.

Tre o quattro file dietro di noi vidi un uomo seduto.

E quello quando cazzo era entrato?!

La cosa mi mise a disagio ma le carezze ed i baci scacciarono ogni altro pensiero.

A quel punto però lei si staccò da me ed interruppe anche il suo dolcissimo, ondeggiante movimento.

"È tutto finito" mi dissi. Un sogno meraviglioso interrotto dal trillò di una sveglia inopportuna.

Invece no.

La sconosciuta, in risposta alle mie più audaci ed oscene speranze, si chinò e cominciò a baciare il mio sesso che ormai era esposto a sguardi ed intemperie.

Se qualcuno mi avesse detto che quel giorno avrei trovato il paradiso nella multisala sotto casa, non ci avrei mai creduto.

Le infilai le dita tra gli spessi ricci ma lei non aveva bisogno di alcun incoraggiamento perché sapeva molto bene quello che stava facendo e, soprattutto, come farlo.

Mi girai di nuovo e vidi ancora l'uomo di prima. Certamente si era accorto di quanto stava accadendo.

Ma non era seduto un po' più indietro?

Mi sembrava che si fosse avvicinato.

Ma no, sicuramente mi stavo sbagliando. Del resto con il mio uccello che entrava ed usciva dalla bocca di quella femmina meravigliosa non potevo certo accampare la pretesa di rimanere troppo lucido.

Ormai però avvertivo che si stava velocemente avvicinando il momento di liberare il mio piacere e feci uno sforzo enorme per cercare di allontanare il più possibile il mio orgasmo. "*La bocca sollevò dal fiero pasto quel peccator, forbendola ai capelli del capo*" recitai in silenzio sperando che il pensiero del Sommo Poeta esercitasse su di me un efficace effetto ritardante.

Forse però avevo scelto proprio i versi meno adatti.

Dopo pochi attimi tutto giunse al termine ed un momento dopo lei si stava già alzando e preparando per andarsene.

Fu proprio allora che sentii una mano che si stava appoggiando sulla mia spalla.

Mi voltai di scatto e vidi che l'unico altro spettatore era adesso seduto proprio dietro di me e mi stava fissando con aria complice.

«Se ti va possiamo vederci di nuovo» mi sussurrò con un sorriso vagamente mefistofelico. «La settimana prossima ci sarebbe la prima di un film iraniano».

Intanto sullo schermo le immagini continuavano a scorrere accompagnate da una musica di archi e fiati e dal nostro totale disinteresse.

Anche lei mi sorrise.

«Noi veniamo spesso qui» mi disse indossando di nuovo gli occhiali da sole ed il suo invito era più evidente di una pecora nera su un ghiacciaio dolomitico.

Infine, prima di andarsene, mi regalò un ultimo bacio leggero per poi fare la medesima cosa con quello che, evidentemente, era il suo legittimo compagno.

Che stupido ero stato a non averlo compreso subito!

Li accompagnai per un attimo con lo sguardo mentre si avviavano verso l'uscita tenendosi teneramente per mano.

Io invece restai ancora un po' ma poi decisi di andarmene.

La cassiera mi guardò con aria annoiata.

«Non le è piaciuto il film?».

Sorrisi. «Al contrario. Tornerò certamente anche la settimana prossima per la prima del film iraniano. Quello non me lo voglio proprio perdere!».

Antigone

di Debora Avella

Il mio nome bizzarro, Antigone, è stato scelto dai miei genitori perché entrambi erano amanti delle tragedie greche. Mio padre era un insegnante di lettere e filosofia presso un liceo classico di un piccolo paese alle porte di Milano, mia madre era invece una segretaria in un'azienda di servizi vicino San Siro. Non si era laureata perché era rimasta orfana dei genitori a 20 anni e cosi coltivò la sua passione per il teatro greco da autodidatta.

Si conobbero in metro, in mezzo alla folla che accalcava la banchina della rossa, mio padre le urtò il braccio facendole cadere addosso il libro che stava leggendo: l'*Antigone* di Sofocle... mia madre rimase stupita, lei adorava le tragedie di Sofocle. Sorrise a mio padre e da quel momento non si lasciarono più. Il destino del mio nome era già segnato.

La mia famiglia era una di quelle che si definiscono "classiche e normali", anche se non ho mai capito a quale parametro di riferimento si affidino queste definizioni. Avevo un fratello di due anni più piccolo, Paolo. Eravamo molto legati e avevamo un rapporto unico e speciale. Ogni sera ci addormentavamo tenendoci la mano ed io gli raccontavo una storia sempre uguale, quella di due astronauti che non avevano trovato la luna ma un mondo tutto rosa ed azzurro, non c'era né caldo né freddo, non esisteva la notte e gli animali erano: «tutti grandi e buoni» ripeteva sempre Paolo alla fine della storia.

Paolo aveva un'intelligenza molto fervida, già dalle elementari si era notata la sua forte inclinazione per le materie scientifiche e non c'è da stupirsi del fatto che si laureò in Fisica con il massimo dei voti all'università di Pavia, vinse una borsa di studio e si dottorò egregiamente a Londra, dove divenne un professore stimato presso la Charterhouse, uno dei college più rinomati perché frequentati dai figli dell'alta borghesia londinese e britannica. Inoltre, ebbe anche un posto come ricercatore presso il centro di astrofisica di Londra, riuscendo a dimostrare, in un articolo di grande impatto scientifico mondiale, un altro metodo di calcolo della storia non lineare dell'espansione dell'universo.

Io mi laureai invece in biotecnologie, avevo una spiccata curiosità per il meccanismo insito nelle cellule del nostro corpo e per equilibrio perfetto a cui tendono tutti gli organismi viventi. Ma non ero come Paolo, ottenni un buon voto perché studiavo molto... così diceva mio padre. Lavoravo in un laboratorio di analisi privato in zona Missori come tecnico di laboratorio, non avevo velleità di diventare una ricercatrice, forse perché non ebbi mai la motivazione da parte dei miei che invece puntavano solo su Paolo. Ma io non ero gelosa di Paolo, lo amavo e lui stravedeva per me, il nostro rapporto non si era mai incrinato per competizioni o sentimenti di invidia, anzi era cresciuto e maturato insieme a noi.

Vivevo in un monolocale non molto lontano dal mio posto di lavoro e frequentavo Edoardo, il figlio del direttore del laboratorio; il nostro legame non era ben visto dal padre, il dottor Carlo, che di certo non avrebbe voluto una nuora che svolgeva umili mansioni di tecnico, mentre Edoardo aveva anche un dottorato in Biologia Cellulare, lavorava in laboratorio e collaborava con un centro di ricerca di cellule staminali. Ma il nostro amore era molto forte e ad Edoardo non importava del parere del padre, lui mi amava. Inoltre, il dottor Carlo era un attivista molto di spicco a Milano sui diritti alla vita e quindi contrastava vivamente l'aborto e l'eutanasia, era una sorta di obiettore ed era il primo ad organizzare convegni e manifestazioni con illustri professori ed esponenti politici. Io non condividevo le sue idee al riguardo e ciò mi rese ancora "più indigesta".

Una mattina mi arrivò uno stranissimo messaggio di Paolo: "Anti ho un problema, parto oggi per Milano e arrivo alle 18 a Malpensa, non dire nulla a mamma e papà, vengo a stare da te".

Alle 18 ero davanti ai gates degli arrivi, non riuscivo a scorgere dalla fiumana di gente che usciva dalle porte scorrevoli i soliti bellissimi e brillanti occhi azzurro-verdi di Paolo... poi una mano esile e sottile fece un cenno di saluto verso di me, un viso emaciato e scarno mi si propose davanti. Era Poalo. Ma come... poteva essere lui... così dimagrito, con gli occhi incavati, senza i suoi stupendi capelli ricci e neri.

«Ehi Anti! Che c'è, hai visto un fantasma? Sono io!»

In macchina iniziò a raccontarmi tutto: glioblastoma multiforme, non operabile e non c'erano più terapie che potessero salvarlo; si era sottoposto anche a cure sperimentali oltre alle tradizionali chemio e radio terapie, ma era stato tutto inutile, il male non si era arreso. Io stentavo a credere a ciò che stavo ascoltando, guidai come un automa fino a casa, impassibile, senza una reazione e non lo guardai mai in faccia mentre mi parlava in modo così tranquillo della sua malattia.

Una volta a casa lo guardai bene, era sempre lui... il

suo sorriso... Era Paolo, il mio fratellino dolce, il mio genio, il mio amore... che stavo per perdere per sempre.

«Anti, ora devo chiederti una cosa ma non mi interrompere fino a che non ho finito. Ho lasciato i miei lavori, la mia ricerca, la mia casa di Londra, sono tornato qui da te per chiederti di... aiutarmi a morire prima che la malattia mi consumi e mi renda un vegetale, voglio ricorrere all'eutanasia in Svizzera e sarai tu ad accompagnarmi».

Io non riuscii a dire una parola, attonita, sena fiato, disorientata, allibita, ero un incubo.

«Anti, ora vai a dormire, domani ne parliamo. Adesso ho bisogno di riposare».

La mattina dopo, inventai una scusa con Edoardo per non uscire e restai con Paolo sul divano a fare colazione e guardare la tv come facevamo il sabato mattina da bambini.

«Anti, allora, ci hai pensato?»

«Paolo, non posso portarti a morire... sono tua sorella... e mamma e papà... Possibile non esistano cure qui in Italia? No, Paolo... come fai a chiedermi ciò...»

«Anti, non mi farai morire senza dignità e come un vegetale, in un letto, imbottito di morfina senza neanche più la lucidità...» I suoi occhi si stavano riempiendo di lacrime.

Ecco il mio illustre astrofisico, il mio grande professore stimato... ma soprattutto MIO FRATELLO, aveva bisogno di me, solo di me.

In quell'istante capii che dovevo aiutarlo, aveva il diritto di morire con dignità. Qui in Italia non era possibile, dovevo organizzare tutto. Paolo andò a riposare ed io cominciai a spulciare su internet. EUTANASIA, mi tremavano le dita a battere sui tasti le lettere di quella parola, che di per sé in greco è quasi un vocabolo piacevole: dolce morte. Solo il suono, nel pronunciarla, te la rende "bella".

I giorni successivi Paolo li trascorse da mamma e papà, preparandoli all'evento. Non fu di certo semplice far loro accettare tale decisione ma alla fine i miei si arresero alle parole quasi confortanti che Paolo disse loro per farli ragionare.

Un giorno, in laboratorio, durante la mia pausa, stavo consultano dei dépliant di una clinica vicino Berna dove praticavano la dolce morte; il dottor Carlo irruppe nella stanza ristoro per un caffè e scorse ciò che stavo leggendo.

«Antigone, che ci fai con quelle brochure di cliniche dove esercitano l'eutanasia? Nel mio laboratorio poi!»

«Dottore, ci porterò io fratello. È gravemente malato, ormai terminale e vuole morire con dignità».

«Antigone, ti IMPEDISCO di fare ciò, lo sai che in Italia è vietato e tu, da italiana, infrangi le LEGGI MORALI! Che donna disumana sei! Già non mi piacevi per Edo, ora gli impedirò di frequentarti. Non voglio nel mio laboratorio un'assassina. SEI LICENZIATA!!! Quando tornerai sarai emarginata, ti farò terra bruciata, nessuno mai ti darà più un lavoro, avrai la TUA MORTE SOCIALE! E ora fuori di qui!»

Edoardo aveva ascoltato tutto e mi seguì, nonostante il padre gli inveisse contro, e disse: «Anti, io vengo con te! Non ti lascio sola, ti amo!»

Le lacrime iniziarono a scorrermi sulle guance, lo abbracciai e mi sciolsi in un pianto a dirotto e liberatorio.

Era tutto pronto quella mattina, gli incartamenti in regola, Edoardo era fuori dal cancello con la sua Ford; entrammo in macchina, io e Paolo, quando ci accorgemmo che una schiera di individui cappeggiati dal dottor

Carlo si piazzò davanti al muso della Ford lanciandoci improperi e dandoci degli assassini.

Scesi dalla macchina e a muso duro affrontai Carlo: «Tu mi dai della pazza ma i veri pazzi siete voi che di follia mi accusate! Io folle che porto a morire con dignità mio fratello, la persona che più amo, sangue del mio sangue! scansatevi ora!»

Arrivammo in clinica, in un borgo vicino Berna, la stanza era pronta, i medici entrarono e ci spiegarono come avrebbe funzionato il farmaco.

«Anti, raccontami la storia degli astronauti mentre mi mettono la flebo».

Con tutta la forza che avevo dentro, presi la mano di Paolo ed iniziai la storia: «I due astronauti non avevano trovato la luna ma un mondo tutto rosa ed azzurro, non c'era né caldo né freddo».

La flebo intanto faceva scorrere il liquido della dolce morte nelle vene di Paolo.

«Non esisteva la notte...»

Paolo sorrideva come da bimbo mentre si addormentava.

«... e gli animali: erano tutti grandi e buoni». Questa frase però, per la prima volta, la dissi io.

Paolo ora era con gli astronauti a discutere la storia non lineare dell'espansione dell'universo.

La Linea Piatta dell'Orizzonte

di Angela Gigliotti

Per tutta la durata della crociera l'orizzonte era stato quella piatta e monotona linea azzurra che separava il cielo dall'oceano Pacifico. "La mia vita" aveva pensato Rachel quella mattina di settembre. L'ennesima giornata soleggiata e calma, l'ennesimo risveglio nella beata solitudine. Guardandosi indietro Rachel rivedeva il suo percorso di vita come un sentiero pianeggiante, dritto e luminoso, ma stretto e angusto, da non lasciare spazio agli errori, ai ripensamenti, alle cadute e alle ripartite.

Rachel rientrava da una minicrociera alle Hawaii, regalo di compleanno di suo padre. Il regalo aveva previsto anche la scelta della compagnia, l'odiata cugina Nicole (magari è la volta buona che diventate amiche), dei costumi e dei completini estivi scelti accuratamente nel negozio dove la madre si vestiva dagli anni Ottanta, dei teli mare Missoni, e degli occhiali da sole nuovi, in tartaruga vintage, rigorosamente uguali a quelli degli anni precedenti.

Click!

Ho conosciuto Rachel poche sere fa, alla stazione di Castro Valley. Ci vado ogni giovedì sera, insieme ad altri volontari, a distribuire pasti caldi, coperte, vestiti usati ai senzatetto che vivono in piccoli rifugi di cartone tra i piloni della sopraelevata, ai pensionati e ai precari che una casa dove tornare ce l'hanno, ma non riescono ad arrivare a fine mese. Avevo capito subito che Rachel non aveva lo stesso passato degli altri, non lo immaginavo necessariamente lussuoso.

«Papà è un senatore dei democratici, è stato anche governatore del Maine qualche anno fa».

Affacciata sulla penisola della mia cucina parlava con la bocca piena, aveva asciugato il caffè con una quantità abnorme di biscotti e li ingurgitava con la voracità di chi non mangia da giorni.

La guardavo spaesato e affascinato: la Rachel che avevo conosciuto io non avrebbe mai abbinato meno di sei colori per volta, portava zeppe vertiginose, cianfrusaglie di perle, conchiglie e plastica attorno ai polsi e alle caviglie. La mia Rachel aveva speso la sua esigua paga settimanale per farsi tatuare un unicorno sulla schiena. I capelli erano arruffati e di due colori diversi: «me li sono tagliati da sola, ti piacciono?»

Eppure, proprio lei quella mattina mi aveva raccontato che prima di settembre sarebbe inorridita di fronte all'idea di prendere delle forbici in mano, così come sarebbe inorridita di fronte alle vetrine esotiche ed eccentriche di Hayes Valley.

«Le ragazze del mio rango *devono* inorridire» mi aveva confessato «ma ho sempre sognato di andare in giro con lunghe gonne a fiori e gli orecchini che mi arrivano sulle spalle, ho sempre sognato di farmi crescere le unghie e dipingerle con lo smalto e i brillantini; di canticchiare mentre scendo le scale di casa, arrivare alla fermata facendo la ruota tra i cani dei senzatetto. Salire sul tram e sentire l'odore delle persone. Cenare con un gelato e mangiare pizza a colazione».

Ed io? Io quella notte avevo realizzato il sogno di ogni uomo: fare l'amore con una ragazza che sa di cioccolato e champagne, che si spoglia con l'innocenza di una bambina per poi rivelare le movenze raffinate di una donna vissuta; con un essere che sembra avere cinquant'anni e quindici allo stesso tempo.

Uno zio prete si era occupato della sua educazione, mi aveva raccontato Rachel un'altra mattina davanti ad un hot dog rubato dal mio frigo: dall'asilo dalle suore, al liceo in un istituto cattolico. Università a Boston al corso di fisica più rinomato degli Stati Uniti e forse del mondo. Aveva ripercorso le orme della madre italiana, allieva di Amaldi, che aveva bruciato una promettente carriera di ricercatrice per seguire il marito americano.

Rachel non avrebbe dovuto rinunciare alla ricerca: era stata fidanzata fin dalla prima adolescenza con Norman, professore ordinario di meccanica quantistica. Si erano sposati subito dopo la laurea di lei. A circa un anno dal matrimonio aveva vinto un dottorato all'Università di Palo Alto, a sessanta chilometri da San Francisco. Il marito veniva a trovarla un week-end sì e uno no. Finché un giorno, dopo quella famosa crociera alle Hawaii, Rachel si era come svegliata da uno stato di coma, un click. E quella mattina non aveva risposto alle telefonate della madre e di Norman. Aveva lasciato la Silicon Valley e se n'era venuta in città. Aveva trovato una stanza a pochi dollari a settimana nel quartiere di Tenderloin e, prima che finissero i soldi che aveva da parte, aveva iniziato a cercare un lavoro che nulla avesse a che fare con la fisica quantistica. Per lei che non era capace neanche di farsi il bucato non era stato facile. Nell'appartamento pagato dai genitori aveva lasciato i vestiti firmati, le borse Gucci e gli aridi formulari. Aveva lasciato le catene di una vita programmata fin dalla sua nascita e aveva accarezzato per la prima volta la libertà. Una nuova consapevolezza che la portava a scegliere anche chi amare e chi odiare. Ogni sera era emozionante, ma anche doloroso, sapere che mi sceglieva, che da me non voleva altro che amore e libertà. Ma questo connubio poteva sfociare anche nel non essere scelto. Poteva sfociare nel desiderio di rimanere libera e sola per giorni e settimane senza dare notizie di sé, senza rispondere al telefono. E quella volta in cui l'avevo rintracciata al supermercato dove lavorava mi aveva rinfacciato che lei un marito ce l'aveva già...

Quella volta sparì per oltre un mese e quel pomeriggio che si rifece viva facemmo l'amore in modo diverso. Sembrava più coinvolta, innamorata, forse pentita del lungo silenzio. Si era accoccolata tra le mie braccia.

«Liberami dalla mia libertà, Alberto. Sono nel bel mezzo di un deserto senza confini, senza punti di riferimento, giro su me stessa senza una meta».

Io non risposi, dovevo essere io il suo punto di riferimento. Ma a quanto pare il mio amore non lo sentiva. Mi sceglieva ogni sera ma non riusciva a scegliermi per la vita.

La guardavo angosciato mentre dormiva: come posso liberarla? Dovrei tenerla al guinzaglio come un cagnolino... è questo che vuole? O forse dovrei ucciderla...

Mi alzai inorridito, poi la svegliai bruscamente.

«Non dobbiamo vederci più» le intimai mentre mi rivestivo freddamente...

Lei mi osservava sorpresa e silenziosa. Mi fissò per tutto il tempo finché, dopo essersi rivestita anche lei, non arrivò alla porta. Si girò e mi guardò ancora, gelida come non l'avevo mai vista. Poi sparì per sempre.

È passato qualche mese da quella notte. Sono in crociera alle Hawaii con Monica. Sposi novelli. L'avevo conosciuta alla scuola serale per gli immigrati sudamericani. Io messicano e lei della Martinica. Sa che nel periodo della scuola frequentavo una di quelle ragazze disadattate a cui fornisco i pasti e le coperte ma non sa perché e come è finita.

Mentre Monica mi saluta dal bordo della piscina, leggo il titolo di un trafiletto su un giornale buttato sulla sdraio accanto alla nostra. È di qualche giorno fa. "Ritrovata la figlia dell'ex governatore del Maine". Una "forte depressione", è la spiegazione che danno i familiari alla stampa. È tornata con il marito ma non continuerà il dottorato a Palo Alto. Rimarrà in seno alla sua famiglia che la proteggerà e le fornirà le migliori cure mediche.

Mi alzo contrito, quasi in affanno, e mi affaccio verso il mare dove i nativi hawaiani domano le onde su piccole canoe per prendere il pesce prelibato che ci serviranno a cena.

Io e te, Rachel, abbiamo cercato insieme le rotte invisibili degli oceani. Ma non le abbiamo riconosciute.

Così remiamo a vuoto, unico riferimento: la linea piatta dell'orizzonte.

Con le scarpe in mano

di Valentina Mancini

Aspettava da tempo quel momento. Con la sua immaginazione l'aveva accarezzato un'infinità di volte, eppure, adesso, non ce la faceva proprio a viverlo davvero, e se ne stava immobile, sulla soglia, con le scarpe in mano. Le aveva tolte per non farsi sentire, per nascondersi dietro il silenzio del suo gesto codardo. Aveva passato la sua intera vita a sognare colei che, finalmente, lo avrebbe salvato da quel frastuono di solitudine come fosse una creatura divina, una dea nata solo per salvare la sua miserabile vita.

Quando le due metà della stessa anima calpestarono lo stesso suolo, tutto si fermò per pochi istanti. Erano di spalle l'uno all'altra, circondati da una folla di sconosciuti. Si voltarono velocemente. Si riconobbero. Corsero entrambi, l'uno verso l'altra, facendo largo tra la gente che distrattamente impediva loro di avvicinarsi, di incontrarsi, di toccarsi. I loro sguardi non si lasciarono mai: occhi dell'uno riflessi negli occhi dell'altra; occhi di un uomo fissi negli occhi di una creatura divina; occhi di una dea fissi negli occhi dell'uomo per cui è nata. Corsero per giorni, mesi, anni, fino a quando la folla si dileguò, sparì. Solo una porta a dividerli, una porta di legno, bianca. Lui la varcò nella fretta della corsa e strinse la donna tra le sue braccia esattamente come aveva desiderato per anni. La strinse a sé ma, poco dopo, si sentì stanco. Una corsa troppo faticosa per un animo debole, assopito, tormentato. Era lì, la tanto desiderata creatura divina era proprio lì tra le sue braccia ma ebbe paura. Quella donna lo liberava dalla solitudine ma lo appesantiva con un compito che non ricordava più come svolgere: vivere. La solitudine limitava il suo spazio vitale alla sua poltrona; quella donna, invece, gli offriva il mondo intero e lui era troppo debole, ormai, per occuparsene.

Con leggerezza posò una mano sui suoi occhi e lentamente glieli chiuse, sussurrando: «Non temere».

Si tolse le scarpe, le prese in mano, e con un passo deciso, senza voltarsi, oltrepassò la soglia. Tornò a sedersi sulla sua poltrona e si sentì immobile come la sua vita, fragile come il suo sguardo, di cera come il suo volto, come il suo cuore.

Senza titolo

di Maria Grazia Patania

La prima volta che strinsi la mano di Abdullah qualcosa mi scosse da capo a piedi. Mi guardò brevemente negli occhi, poi distolse lo sguardo per timidezza.

Da quel momento, ci incontrammo ogni giorno.

L'idea di farci conoscere era stata della mia amica Mariachiara, dottoranda in Diritto Romano all'Università di Bonn dove io vivevo per lavoro.

Abdullah era turco, studiava nella stessa facoltà. Era alto, magro ma non esile. Capelli corti scuri, carnagione chiara e occhi castani, profondissimi. Quando Mariachiara l'aveva incontrato, era scattata la tipica empatia degli expat, soli in un posto straniero.

Quando lo conobbi andammo in un Biergarten sul Reno, uno dei miei preferiti. A un passo dal centro, vicinissimo all'università e con un grande prato tutto intorno. Eravamo con altri dottorandi, si parlava della vita universitaria, di come fosse vivere a Bonn e molti mi chiesero se avessi intenzione di rimanerci a lungo. Abdullah non disse quasi nulla. La sua gamba appiccicata alla mia mi confortava in mezzo a quegli sconosciuti.

La curva armoniosa del fiume si delineava davanti allo sguardo e al tramonto ogni dettaglio sprofondava nel rosa e nell'arancione. Era primavera, il momento in cui tutto rinasce dopo il rigido inverno tedesco.

Gli proposi alcuni giri per la città e non vedevo l'ora che arrivasse il momento di uscire dall'ufficio per vederlo. Solitamente ci incontravamo alla fine del Kennedybrücke, il ponte che congiunge la città vecchia e Beuel, il quartiere dove abitavo. Camminavamo per ore, spesso in silenzio, guardandoci di sottecchi e sorridendoci ogni volta che ci fregava il tempismo. Ci fermavamo a prendere una *Kölsch* fresca e un bel piatto di *pommes frites* croccanti accompagnate da ottima maionese. Verso le nove di sera, ci salutavamo prima che io imboccassi il ponte ma finiva sempre per accompagnarmi dall'altro lato.

Chiudendomi la porta di casa alle spalle, riassaporavo la dolcezza del tempo trascorso con Abdullah e cercavo consolazione alla solitudine. Sulla metà vuota del letto, c'erano vari libri, fra cui troneggiava la *Lonely Planet* della Germania.

Quella guida – zeppa di appunti, linguette colorate e annotazioni – mi avrebbe accompagnata per quattro anni di vagabondaggi in lungo e in largo. A quella presto se ne sarebbero aggiunte altre.

Quella sera mi misi a letto e immaginai che Abdullah non se ne fosse andato via, alla fine del ponte. Fantasticai che fosse rimasto con me tutta la notte.

L'indomani avrei detto in ufficio di essere malata e avremmo fatto colazione e non ci saremmo mossi dal letto se non per passeggiare ancora insieme.

Per rendere più credibile la mia fantasia, spostai tutte le cianfrusaglie poggiate sul lato vuoto del letto e lo lasciai intonso.

Abdullah avrebbe potuto entrare nei sogni e rimanere l'intera notte accanto a me.

Alle prime luci dell'alba, quando mi svegliai per andare in bagno e fare il caffè, inciampai su uno dei libri che avevo tolto dal letto.

Risi della mia stupidità e trovai il suo buongiorno sul telefonino.

Iniziai la giornata di ottimo umore.

Nel primo pomeriggio mi scrisse che avrebbe tardato un po' all'università, chiedendomi se avessi voglia di raggiungerlo. Poi saremmo andati alla ricerca di un posto per la cena.

Spinsi le lancette sbrigandomi a concludere le mie incombenze per poi volare in centro. La giornata era mite, per cui non presi mezzi pubblici ma m'incamminai a piedi. La città rifioriva e pullulava di turisti. Col bel tempo le piazze erano piene di tavolini affollati da persone intente a mangiare gelati.

Attraversai *Marktplatz*, fermandomi ad ammirare la bellissima facciata bianca e dorata del Rathaus.

Il municipio occupava un lato intero della piazza.

Accanto v'è un ristorante tipico, con i tavoli protetti da teli rossi, in cui pare pranzasse Beethoven. Qualche giorno dopo, avremmo cenato lì e lui avrebbe mangiato la sua prima *Flammkuchen*.

Imboccai una via laterale fino all'*Hofgarten*, punteggiato di persone che giocavano, leggevano, facevano picnic trastullandosi al tepore primaverile.

Lasciai correre lo sguardo verso sinistra per abbracciare l'*Alter Zoll*.

Il *Biergarten* era stracolmo di avventori seduti sulle panche di legno.

Passai davanti all'*Institut Français* e dopo poco giunsi nel cortile della Facoltà di Giurisprudenza. Mi avventurai nell'andirivieni di studenti carichi di libri.

Non volevo disturbare Abdullah chiamandolo al telefono, così provai a cercarlo ed ebbi fortuna, sembrava mi stesse aspettando.

Lo scovai nella prima sala sulla sinistra dopo l'atrio. Aveva un sorriso timido ma si vedeva che era felice.

Mi avvolse in un effimero abbraccio, dicendomi che aveva quasi finito. Sarebbe stato libero a minuti.

In quel momento non sapevo molte cose di lui.

Quando mi raggiunse, valutammo vari posti dove mangiare. Ci eravamo ormai abituati agli orari tedeschi e non ci parve assurda l'idea di cenare alle diciannove. Abdullah si mostrava loquace, allegro nel raccontarmi il suo quotidiano, il suo lavoro e molto altro. Era entusiasta delle ricerche al dipartimento di Bonn, il tedesco non era di aiuto ma in fin dei conti a lui quasi non serviva. Se la cavava benissimo con l'inglese.

In quel periodo c'erano gli scontri di Gezi Park ed Erdogan aveva lasciato cadere il velo che copriva l'aspra natura del suo governo.

Approfittai per rivolgergli delle domande e ricordo che mi chiese se sul mio documento di identità fosse indicata la religione.

«No, certo che no. Siamo uno stato laico. Non puoi scriverlo su un documento di identità. Ci mancherebbe».

Lentamente, dalla giacca prese il suo passaporto e lo spinse sul tavolo verso di me. Fece un cenno rapido e veloce, come a dire guarda tu stessa.

Ci misi un attimo a rendermi conto dell'aggettivo che lo scandalizzava.

Ricambiai il suo sguardo senza sapere come argomentare.

Musulmano.

Era infervorato, continuava a ripetere "musulmano"

come se non si capacitasse che avessero potuto appioppargli quell'aggettivo.

Mentre bevevamo birra e ordinavamo la cena con una cameriera scorbutica e dall'aspetto sgradevole, Abdullah chiacchierava senza sosta. Spaziava dagli eventi dell'attualità a pezzi di storia che ignoravo. Insisteva sulla questione religiosa, considerava un abuso che venisse usata per definire la natura di un essere umano.

«Lo stato dovrebbe tutelare» ripeteva, «non sbandierare».

Scoprii che anche lui aveva dei comunisti in famiglia.

A cena ormai conclusa, gli rivelai che ero cresciuta con un padre militante e una madre cattolica.

Fuori si era fatto buio e lentamente ci dirigemmo verso il parco per sederci su una panchina ad ammirare il Reno.

La luna si specchiava sul suo corpo d'acqua flessuoso e ondulato. Dallo zaino Abdullah tirò fuori una rosa rossa.

Nonostante la banalità di quel fiore, mi parve stupendo. Lo odorai. Intanto, mi aveva preso la mano e fissando un punto imprecisato oltre la riva mi annunciò che l'indomani sarebbe partito.

«Non ti ho detto quando sarei andato via, altrimenti avremmo fatto tutto con questa cosa in mente». Poi, fece una pausa. «Ho una fidanzata in Turchia. Sono venuto qua perché serviva alla mia carriera universitaria. Così avrò un buon lavoro e potremo sposarci» concluse. «La prima volta che ci siamo visti è stato un fulmine a ciel sereno. Poi ho capito che il cuore non è un monolite tutto di un pezzo. Ha delle sfumature, delle declinazioni, delle tonalità».

Abdullah mi guardava fisso, mentre io volevo alzarmi e andare via. Volevo mandarlo al diavolo, lui e le sue manfrine romantiche. Si era comportato da stronzo, aveva flirtato con me ogni giorno e ora mi rifilava la storiella della fidanzata da sposare.

«Mi dispiace tu vada via. Si è fatto tardi» gli risposi.

«Ero certo che ci saresti rimasta male ma volevo sapessi il motivo per cui non mi sono mai spinto oltre, sebbene avessi voluto".

Ero accecata dalla rabbia, mi sentivo tradita. Peggio ancora: mi aveva delusa e glielo dissi: «Mi dispiace che tu abbia abusato della mia buonafede».

Sulla strada del ritorno piansi.

Piangevo gli abbandoni, le mancate scelte, la vita perennemente trascorsa sulla soglia, senza che nessuno mi invitasse ad accomodarmi in casa.

Piangevo l'illusione, l'inganno e il mio cuore monolitico che non era in grado di capire cosa dicesse Adbullah.

Troppo abituato alla menzogna e al disincanto, non potevo permettermi di vagliare le molteplici opzioni di un organo poliedrico. Meglio liquidare tutto.

Non lo rividi, ma negli anni continuavo a ricevere sue notizie.

Seguiva sui social i miei spostamenti e i miei progetti, non mancava di farmi gli auguri per feste comandate e compleanni. Manteneva un filo rosso per non perdermi.

Io rispondevo svogliata. Non mi interessava più.

Un giorno vidi un breve video con questo insopportabile effetto boomerang di lui e una ragazza vestita di rosa. Era la festa di fidanzamento.

Qualche mese dopo una sua foto, che lo riprendeva di spalle con le braccia della moglie al collo. Nessuno dei due si vedeva in viso: protagonisti erano il bouquet della sposa e il suo esagerato anello. Mi congratulai e attesi la prima gravidanza. Figurati. Un'altra casella da smarcare.

I suoi messaggi mi arrivavano puntualmente. Non c'era nulla di ambiguo, nulla di sbagliato. Traspariva sincero il desiderio di sentirmi, di sapere come stessi, di supportarmi nei miei progetti. Un giorno mi disse che sarebbe venuto a Bonn e sperava di incontrarmi.

Non avevo motivo per tenerlo a distanza.

«Sono a Lucca in Toscana in quei giorni, mi dispiace».

«Allora vengo a Lucca. Il 13 maggio arrivo. Se conosci qualche ristorante, prenota. A me va bene tutto, lo sai».

La sua risposta non lasciava vie di fuga e io non avevo veramente nulla da perdere. Mi trovavo in una fase completamente diversa della vita e, oltre al distacco dovuto al tempo, provavo una leggera repulsione verso il suo atteggiamento. Era sposato, era diventato padre eppure ancora non perdeva occasione per contattarmi. Questa volta addirittura mi invitava a cena.

Un cameriere mi condusse al tavolo dove lui mi stava già aspettando.

Vedendomi arrivare, Abdullah si illuminò come se un'alba gli fosse sorta dentro.

Ci fu un secondo di imbarazzo prima che mi abbracciasse forte accarezzandomi i capelli. Poi mi allontanò con fare cerimonioso come se volesse studiarmi accuratamente.

«Sei più bella di come ti ricordassi» sussurrò.

Lui invece sembrava invecchiato, ma non glielo dissi.

Appariva sempre affascinante, circondato da quella sua aura di dolce pacatezza che mi aveva attratta anni prima. I capelli non erano più neri e folti come nel periodo di Bonn, e sottilissime rughe disegnavano angoli inediti sul suo bel volto.

La serata fu piacevole, la conversazione brillante e il tempo scivolò in fretta verso la notte.

Io lo esaminavo con attenzione ma non sapevo prevedere la sua prossima mossa. Non sapevo cosa aspettarmi. Da un lato immaginavo che ci saremmo congedati come due vecchi amici. Dall'altro lato, una vocina sottile dentro il cervello mi diceva che avrebbe almeno potuto provarci. Il pensiero mi fece sorridere: non l'aveva fatto quando era ancora solo fidanzato, figurarsi adesso.

In effetti sarebbe stato da stronzo, mi ripetevo.

Lui mi guardava con imbarazzante dolcezza e a un tratto mi disse: «Non voglio essere scortese, ma sarei felice di passare la notte insieme a te. Sono anni che lo desidero».

Sembrava improvvisamente un adolescente pieno di vergogna al suo primo appuntamento e non riuscii a non sorridere.

«Ok» fu tutto ciò che uscì dalla mia bocca.

A quel punto lui mi abbracciò e lasciò un bacio leggero fra i miei capelli. Avevo indossato la corazza delle grandi occasioni. È solo un'avventura di una notte, mi ripetevo. Non farti illusioni. Non ci cascare. È il solito uomo sposato con una figlia in cerca di distrazione lontano da casa. Sai quanti ce ne sono come lui.

Tuttavia, un'effimera impercettibile eco insinuava il dubbio. La liquidai in fretta e nel tragitto verso l'hotel mi trasformai nell'enigmatica sfinge cui sarebbe bastato quell'unico breve momento di passione.

Quella trasformazione rese tutto molto fluido in camera da letto e vinse l'imbarazzo di Abdullah.

Era impacciato e nervoso, mi guardava come fossi una cosa delicata e preziosa. Come un sogno che si avvera. Io mi toglievo una spina dal fianco.

Superati i primi istanti di tensione, la notte fu un lento fiume che va placido verso il mare.

A tratti, la sua dolcezza fuori luogo mi disorientava. Ognuno ama come vuole, mi dicevo. L'eco mi pungolava con sempre maggiore intensità. Era diventata una lama sottile e per evitare inutili ferite me ne andai prima del suo risveglio.

Fui grata di dover ripartire. Questa volta ero stata io a farlo senza anticipazioni. Uscendo dalla camera, non mi voltai a guardare il suo profilo illuminato dal giorno. Non mi interessava quella fragilità. Non mi interessava nessun indizio capace di smontare la mia narrazione.

Una storiella nostalgica in memoria dei tempi andati. Nient'altro. Sul treno per l'aeroporto il dubbio smise di lacerarmi e la tensione si affievolì.

Nemmeno i messaggi di Abdullah che diceva di aspettarmi per colazione minavano le mie convinzioni monolitiche.

«Sono in treno per l'aeroporto. Non te l'ho detto per non rovinare la serata». tagliai corto.

Dopo qualche giorno in cui cercò di convincermi a rivederci, sparì e io mi sentii soddisfatta di quell'altra spunta sulla lista mentale delle mie conquiste.

Mi capitava spesso di pensare ai momenti trascorsi insieme, alla tenerezza del suo sguardo, alle parole impregnate di nostalgia sulla moglie e la figlia, come parlasse di cose lontane.

Nei suoi occhi notavo una languida tristezza e una disarmante assenza di malvagità. Tuttavia, io dovevo proteggermi, ponderando con cura il peso delle carezze e il miele dei gemiti.

Archiviai tutto e andai avanti con la mia vita fino al giorno in cui mi arrivò una mail da un indirizzo sconosciuto.

Era una donna e si identificava come sorella di Abdullah che era morto e aveva affidato a lei le parole da scrivermi, con la speranza che usassi ancora quell'indirizzo.

Si trattava di una lunga lettera nella quale ripercorreva le tappe di quello che definiva il suo amore a senso unico.

Mi chiedeva scusa per avermi mentito a Bonn e per essersi concesso quei giorni indimenticabili. Mi spiegava con candore che mi aveva amata sin dal primo istante, allo stesso modo in cui amava la moglie e la figlia. Non sentiva di far torto a nessuno, perché l'amore è immenso e infinito. Al contrario delle convenzioni umane così minuscole. Sapeva che non avrei capito ma si augurava che gli concedessi almeno il beneficio del dubbio, perché mai aveva avuto intenzione di ferirmi.

Le sue parole erano un lago trasparente su cui si rifletteva la miseria dei miei sentimenti.

Come avrei potuto liquidare le confessioni postume di un uomo che mi ribadiva l'amore nato sulle rive del Reno e coltivato nella distanza degli anni?

La moglie e la figlia erano curde e non aveva loro notizie fin dal giorno di primavera in cui si erano recate a trovare la famiglia in una zona nota per la sua instabilità. Abdullah non sapeva se fossero morte o se qualcuno le avesse rapite.

Quel giorno c'era stato un attacco al villaggio dei suoceri che erano stati uccisi. Della moglie e della figlia, invece, nessuna informazione. Volatilizzate. Le provò tutte fin quando il morso della paura non aveva stretto la presa. A quel punto, quando aveva iniziato a temere per la sua incolumità, mi aveva cercata.

Temeva di morire, perché l'incertezza sul destino della famiglia allungava pesanti ombre anche sul suo futuro. "Mi sono detto che dovevi sapere quanto ti avessi amata. Quanto il mio cuore avesse trovato lo spazio per custodirvi tutte e due. Non sei mai stata un capriccio".

Andava avanti così, scusandosi per non aver difeso le sue posizioni quando lo deridevo.

Infine, si abbandonò a un'ultima straziante confessione.

"Speravo di amare ancora. Soprattutto con la morte alle calcagna. Speravo fosse arrivato il tempo per noi".

La lettera era un tardivo grido di aiuto che non avevo saputo cogliere, prigioniera dei miei pregiudizi.

Rappresentava la sua rivincita sulla vita che gli aveva donato due amori ma nessun tempo per goderne.

Leggendo quel suo testamento affettivo, il mio monolite s'era schiuso, lasciando affiorare dagli abissi un irreparabile senso di perdita.

Piansi l'amaro senso di colpa che mi avrebbe accompagnata per sempre al ricordo di Abdullah e di Bonn, dove ci eravamo conosciuti. Tornai spesso sul ponte dove eravamo soliti incontrarci e ogni volta avevo la sensazione che lui fosse lì ad aspettarmi. Pronto a stringermi la mano ed esplorare la città.

VENTO

di Vittorio Martucci

Il vento soffia dove vuole
e senti il suo sibilo,
ma non sai donde viene
né dove va.
(Gv 3,8)

La ragazza camminava adagio per la salita, mentre una brezza tesa ne agitava la gonna della divisa scolastica e i capelli. Il suo incedere lento non era causato da fatica ma dal suo soffermarsi di continuo a guardare il mare in lontananza (poneva la mano a riparare gli occhi dal riflesso luminoso) e, più da vicino, le macchie di mimose che bordavano la strada. Andava ripetendosi, mormorandola a fior di labbra, la poesia di Saba imparata pochi giorni prima e che tanto le era piaciuta, perché parlava di vento e della sua città.

Dall'erta solitaria che nel mare
Precipita, – che verde oggi e schiumoso
Percuote obliqua la città – si vede
Il bianco panorama di Trieste.

Tu già le conoscevi – dici – queste
mie strade, ove s'incontra, al più, una donna

che la lunga salita ansia, un fanciullo
che se Bòrea t'investe, mette l'ali
a ogni cosa, per te vola. Poi torna
a sé stesso, ti passa accanto altero.

A un tratto si fermò e d'impeto colse una ciocca di quei fiori. Sapeva che non avevano troppo odore ma li accostò ugualmente alle narici e aspirò. Nel compiere quel rapido gesto si era leggermente voltata all'indietro e si accorse allora di non essere sola. Un ragazzo, più indietro, camminava anch'egli piano, sembrava con un po' d'incertezza. Amelia ricominciò a salire e, presa da curiosità, si voltava ogni tanto a guardare. L'altro sempre dietro, sempre mantenendo la stessa distanza. La ragazza si fermò e il ragazzo fece altrettanto. Allora lei ripeté più volte la manovra e notò che, come un'ombra, lo sconosciuto la imitava. Alla fine lei si decise a tornare indietro, lo avrebbe affrontato.

Lui era rimasto ad aspettarla, forse sorpreso per il ritorno della ragazza.

Questa gli fu dappresso.

«Non crede, signore, che mi debba una spiegazione per questo importuno inseguimento?»

«No, cioè sì, ora le spiego, signorina».

Era restato lì impalato senza spiegare. Parlò ancora lei.

«Sono in attesa; ora non ha più nulla da dire?»

«Ecco, vede, io la conosco... frequento anch'io il suo liceo... ed è già da tempo che mi volevo presentare».

Amelia lo trovava un po' buffo con quell'imbarazzo evidente stampato sul volto.

«Io mi chiamo Federico Sigoli. Frequento la terza C; lei sta in B, vero?»

La ragazza decise di essere magnanima.

«Oh, ma allora siamo colleghi, possiamo darci del tu. Piacere, io mi chiamo Amelia Tremel, ma non credo di averti visto prima».

«Ci siamo trasferiti da poco con la mia famiglia, vivevo a Milano; mio padre è nelle dogane. E poi la mia classe è dall'altra parte dell'edificio».

«È vero, nell'ala nuova; voi della C vi chiamiamo i "nuovisti"».

«Davvero? Divertente. Voi ragazze avete come docente di latino il professore Chiarugi. Com'è? A me dà l'idea che sia molto severo».

«Severo ma giusto e poi è molto bravo. Nelle sue lezioni si capisce sempre tutto».

«Anche tu sei uscita prima per la commemorazione di Oberdan?»

«Già, ora stavo andando a casa».

«Allora ti accompagno, faccio anch'io questa strada».

Il ragazzo si guardò intorno.

«Oggi c'è molto vento, dicono che qui ce n'è sempre parecchio».

«Eccome, vedrai d'inverno con la bora!»

«Ogni posto ha le sue caratteristiche. Da noi, a Milano, d'inverno c'era tanta nebbia. A proposito, com'è questa storia che voi i ragazzi e le ragazze li chiamate muli e mule?»

«Sì, è così, ma siamo un po'più umani degli animali».

Amelia rise accorgendosi dell'ovvietà appena pronunciata ma Federico aveva invece notato come quel riso fosse così attraente.

A dire il vero, il ragazzo non avrebbe dovuto fare quel tragitto per recarsi a casa ma pensò che si trattava di una bugia a fin di bene, almeno del *proprio* bene.

Dopo di allora si rividero spesso a scuola, perché Federico le chiedeva spiegazioni e aiuti nelle varie materie. Valeria lo aiutava di buon grado, perché anche lei aveva notato che lo sguardo di Federico era candido e armonioso. Poi presero a frequentarsi anche fuori dall'istituto. Si recavano insieme nel viale XX Settembre e sedevano in qualche bar all'ombra degli ippocastani; o si allungavano fino al Molo Audace a scorgere in lontananza i vapori che s'intravedevano appena. Si erano dati qualche bacio, si erano scambiata qualche promessa, gli uni e le altre condotti con naturalezza, come l'esito scontato del loro conoscersi.

A Federico piaceva quella ragazza decisa e un po' sbarazzina. Valeria, con poca esperienza per quelle cose, sentiva che le stava nascendo in cuore qualcosa d'importante per quel ragazzo compito e dal ciuffo invitante.

Quell'estate sostennero gli esami: entrambi promossi, lei a pieni voti, lui di stretta misura. Passarono il mese di agosto con le proprie famiglie. Valeria pensava sempre a Federico, Federico non pensava sempre a Valeria e si divertiva al mare (era andato in Toscana dai parenti della mamma) incontrando altre ragazze, ballando e flirtando con loro.

Si rividero a settembre, di domenica. Era una giornata chiara, di vento teso, di barche lontane, di fremiti dell'aria che già si colorava d'autunno.

Esordì il ragazzo: «Sai, per un po' ci lasceremo; vado a studiare fuori. Poiché devo fare ingegneria, i miei hanno deciso di mandarmi a Torino, dal fratello di mio padre. Ma ti scriverò spesso e, poi, ci rivedremo nelle vacanze, non ti preoccupare, non ti lascerò».

Valeria assentiva, incapace di aggiungere altro ma presaga in cuor suo che qualcosa di irreparabile sarebbe accaduto. Si ricordò di quei versi di cui aveva parlato all'esame, sì, quei versi di un poeta dal cognome caratteristico, Alfonso Gatto:

Ti perderò come si perde un giorno
chiaro di festa...

e in quel momento li sentì scritti per lei, quasi scritti da lei.

Federico partì. Mandò una prima lettera in cui descriveva diffusamente fatti e persone. Poi le sue lettere divennero sempre più rare e intervallate da lunghi silenzi, alla fine non rispose più alle lunghe missive di Valeria, se non con distratti saluti su di una cartolina che raffigurava la Mole Antonelliana. Poi più nulla.

Una mattina lei si trovò a ripercorrere la salita del loro primo incontro. Ma non c'era il sole. Era una smorta giornata di novembre. Sperando in un impossibile ripetersi di quella esperienza, si voltò indietro a guardare se qualcuno per caso fosse lì ad aspettarla, a raggiungerla. Attese qualche istante. La strada era deserta, assolutamente silenziosa; si udiva solo il sibilo del vento autunnale, triste, insistente, freddo.

Strana la Vita

di Fabio Losacco

“Com’è strana la vita!” pensò Manuela vedendosi Marco davanti.

Era appena entrata nel bar che frequentava di solito per la colazione e per i suoi veloci pranzi, che consumava nei brevi intervalli del lavoro, quando aveva avvertito una sensazione curiosa, come se qualcuno la stesse osservando con insistenza. Si era allora guardata intorno con circospezione e l’aveva visto subito, appoggiato al bancone a pochissima distanza da lei.

«Ciao» le aveva detto lui semplicemente. «Ti ricordi di me?».

E lei se ne ricordava eccome!

Marco, il bel Marco, il suo primo grande amore nel periodo delicatissimo dell’adolescenza! Ma non era stata una cotta qualunque quella per il ragazzo alto e robusto che faceva impazzire tutte le sue compagne; era stato proprio un amore, uno di quelli con la A maiuscola, che riescono a riempire di lacrime e sospiri le pagine dei diari per mesi e forse addirittura per anni.

Marco, il bel Marco dai riccioli neri, il più abile nel basket e nel tennis, colui che rappresentava l’ambizioso sogno di tutte le ragazzine che, di nascosto e con aria sognante, lo guardavano passare.

Eppure Marco, tra tutte le altre, aveva finito per scegliere proprio la piccola Manuela con gli occhi di cerbiatto dietro un paio di grandi occhiali cerchiati di nero che le calavano continuamente sul naso piccolo e un po' all'insù.

Certo lei non era la più carina di quelle che gli ronzavano attorno come mosconi, anzi! Era magrolina rispetto alla maggioranza delle sue coetanee, che avevano già seni sviluppati e fianchi tondi da donne ormai fatte, ed in più si vestiva sempre con estrema semplicità, indossando jeans comodi e pullover ampi che nascondevano le sue acerbe forme da adolescente.

Per quante notti il ricordo del loro primo appuntamento era tornato per farle affondare la faccia con forza dentro il cuscino e versare poche, dolorosissime lacrime contro il cotone fresco della federa? Era impossibile ricordarlo con esattezza, ma certo era che ancora oggi le capitava di riscuotersi improvvisamente dal sonno, sentendo un'inquietudine leggera e maligna montarle dentro lentamente.

Era un giorno luminoso di un inverno chiaro come il cristallo, questo lo ricordava bene; aveva nevicato abbondantemente la notte prima e i tetti e le auto parcheggiate in strada erano coperte dal bianco morbido i cui riflessi facevano stringere gli occhi.

Nessuno si sarebbe però dato troppo pensiero per ripulire le vie, perché la neve in città era un evento tanto magico quanto raro.

«Cosa fai oggi?» le aveva chiesto lui all'uscita dalla scuola. Lei aveva solo diciotto anni o poco più e frequentava ancora il liceo, mentre lui era quasi al termine dell'università, anche se teneva nascosta la sua vera età dietro a quel radioso sorriso di eterno ragazzo. Manuela era avvampata di un rossore caldo che si prendeva gioco dell'inverno e del fiato delle persone che si trasformava in fumo, poi aveva abbassato lo sguardo provando vergogna di qualcosa che nemmeno lei conosceva esattamente.

Solo il cielo sapeva quanto aveva desiderato quel momento ma adesso che il miracolo si stava davvero compiendo lei si sentiva improvvisamente indifesa ed impaurita, timorosa di lasciarsi andare ad una gioia che si sarebbe potuta rivelare troppo forte.

Uscirono quel pomeriggio di un sabato freddo ed andarono a prendere una cioccolata calda in un locale poco fuori città. Marco guidava la sua vecchia due cavalli gialla con spavalderia ed irruenza e lei lo ammirava moltissimo per questo, per la grande sicurezza che riusciva ad infondere nel suo tenero animo di ragazza, per la sua naturale simpatia, per quel modo di parlare semplice e allo stesso modo tanto interessante da rendere impossibile distogliere l'attenzione da ciò che stava dicendo.

Il locale sembrava rustico ma allo stesso tempo assai carino. Le pareti erano rivestite di legno chiaro e i tavolini, rotondi e con tre zampe, erano apparecchiati con graziose tovagliette di color azzurro. Erano arrivati abbastanza presto, quindi la sala quasi vuota lasciò loro la più ampia possibilità di scelta. Marco la condusse tenendola per mano fino al posto più distante dall'entrata, il più isolato e quindi più intimo.

Quel giorno Manuela fu felice, felice come forse non lo era mai stata in tutta la sua vita e quando all'uscita lui le poggiò il braccio sulla spalla, per ripararla dal vento che soffiava gelido nel breve tratto che li separava dal parcheggio, sentì in fondo all'anima qualcosa che assomigliava a un'esplosione multicolore fatta di gioia splendente.

La cioccolata dolce e bollente che le si attaccava alle labbra era rimasta per sempre custodita in un posto particolare dello scrigno della sua memoria, nello stesso dove teneva il ricordo della faccia allegra di Marco mentre le chiedeva di uscire con il suo più bel sorriso, lo stesso che aveva adesso che si trovava di nuovo davanti a lei dopo tanti anni.

«Santo Cielo! Come faccio a non ricordarmi di te?!» esclamò con una luce di sorpresa e di compiacimento nello sguardo. «Non sei cambiato, sai? Sembri sempre lo stesso di... di...»

«Sono passati più di dieci anni ormai» mormorò lui con un filo di tristezza che gli faceva vibrare la voce.

Ne erano passati dodici per l'esattezza da quando lei era scesa piangendo dalla sua auto mentre stava diluviando ed era corsa a nascondersi sotto il portone di casa sua. Lui era ripartito facendo stridere le gomme e da allora non l'aveva mai più né visto né sentito, nemmeno per qualcuno di quei casi fortuiti che il destino è maestro nell'architettare.

Dio solo sapeva quanto lei avesse sofferto per quella brusca ed irreparabile separazione! Aveva ventitré anni allora e le era costato non poca fatica imparare ad accettare l'idea che si potesse vivere senza Marco, il suo Marco che possedeva il potere magico di farla sentire la cosa più importante dell'universo.

Un fidanzamento di cinque anni non si scorda facilmente, specie quando la persona che hai avuto vicino ti ha aiutato a crescere e a maturare, ma il tempo era stato un medico paziente ed efficace, compiendo il miracolo di far chiudere una ferita che sembrava destinata a rimanere aperta per sempre.

«Cosa fai da queste parti?» le chiese lui. I suoi occhi erano adesso circondati da una ragnatela di minuscole rughe che testimoniavano nel modo più crudele come gli anni avessero inequivocabilmente continuato il loro cammino a dispetto di ogni sentimento. Lo sguardo però era sempre il medesimo, acuto e lucente, lo stesso che l'aveva fatta definitivamente innamorare un inverno di tanti anni prima, pieno della fragranza dolce delle caldarroste cotte agli angoli delle strade e del fugace caldo ristoratore di un sole troppo avaro.

«Lavoro da queste parti» disse Manuela con naturalezza. «Sono la direttrice commerciale della ditta qui di fronte».

Marco sbirciò fuori dalla vetrina del bar e vide l'insegna della Fashion International, la famosa azienda di moda.

«Sei diventata un pezzo grosso allora! Te lo dicevo sempre che avevi i numeri per farti la tua strada, no?!».

Manuela sorrise appena scrollando le spalle.

«Ma non esagerare, è un lavoro come tanti!» si schernì ma, a dispetto di ogni falsa modestia, sapeva bene che non era così.

Il compito che era chiamata a ricoprire era uno dei più importanti e gli attestati di stima nei suoi confronti non erano mai mancati: era la dirigente più giovane, quella con lo stipendio più alto e l'unica ad avere praticamente carta bianca per tutto ciò che riguardasse direttamente il suo lavoro. Eppure per arrivare a ciò non aveva dovuto attendere un inaspettato colpo di fortuna né era dovuta scendere a meschini compromessi; aveva solo lavorato duramente, lottato contro ogni tipo di pregiudizio, mettendo tutta se stessa in ciò che faceva, non conservando tempo per ciò che le piaceva fare e senza badare alle feste, alle ferie o a qualsiasi altra cosa. Aveva rinunciato al tempo libero, agli amici ed anche all'amore, ma dopo che Marco se n'era andato, quella sera che la pioggia rendeva le strade rigagnoli limacciosi dove le auto alzavano grosse onde fangose, non aveva più sentito per nessuno quello che il suo cuore era stato capace di provare negli ultimi cinque anni.

Era una persona importante adesso, una che aveva fatto carriera molto più di qualsiasi uomo in quella grossa società ed era giustamente orgogliosa di ciò; ormai non le importava più niente di aver sacrificato la propria vita privata, distrutto o ignorato i suoi affetti per arrivare dove si era prefissa: era contenta per ciò che aveva ottenuto e si era imposta di ignorare per sempre ciò a cui aveva rinunciato.

«Sono molto contento per te, sai?». Era Marco che con le sue parole aveva interrotto il fluire del suo pensiero, perché Marco era ancora là, di fronte a lei, con il suo sorriso aperto ornato da denti perfetti che la scrutava come se non l'avesse mai vista prima di allora.

«Io come ti sembro?» chiese un po' goffamente Manuela cercando di riannodare i fili di una conversazione spezzata.

«Sei sempre bellissima» rispose lui e i suoi occhi tradivano un'innegabile sincerità. Era evidente infatti che gli anni avevano paradossalmente migliorato l'aspetto fisico di Manuela, raffinandone la bellezza e trasformando il timido cucciolo impaurito in una donna di indubbia classe, dotata di grande fascino e personalità.

Il complimento dell'uomo le trasmise inaspettatamente sul viso un'ondata purpurea che la fece sentire stupida ma che la riportò dolcemente indietro nel tempo, agli anni spensierati della sua adolescenza.

«Dai non esagerare!»

«Non sto esagerando» insisté Marco. «Sei più bella di quando... sì insomma... di allora». Si scrutarono ancora per qualche istante in un silenzio colmo di sensazioni, di ricordi e di sapori antichi che si intrecciavano in una fragrante essenza che sapeva delle buone cose dolci del tempo passato.

Perché Marco l'aveva abbandonata quella sera piangente in strada? Perché non le era corso dietro per abbracciarla, per consolarla, per fare pace come avevano già fatto infinite altre volte? Il rumore delle ruote che si lamentavano sopra l'asfalto reso viscido dall'acqua riaffiorarono attraverso le nebbie rade di un forte temporale di una dozzina di anni prima. Le sue lacrime sembrarono così straordinariamente calde nel ricordo di quella sera ed il suo cuore troppo grande per stare dentro il torace magro scosso dai violenti singhiozzi.

Marco, il bel Marco! L'unico vero amore della sua vita prima del matrimonio con il lavoro! Era inutile nasconderselo: quello che era accaduto quella notte aveva avuto il potere di cambiare la sua esistenza. Il vuoto che quel ragazzo bruno le aveva lasciato in fondo all'anima l'aveva convinta a riprendere gli studi con rinnovata energia e poi a gettarsi anima e corpo nella Fashion International.

Da allora però non c'era più stato nessun altro che contasse davvero qualcosa. Certo, molte volte le era capitato di allacciare delle relazioni ma non era mai valsa la pena di coltivarle per molto; così, alla soglia dei trentacinque anni, era ancora sola, piena di energia e determinazione ma irrimediabilmente, disperatamente sola, anche se il suo orgoglio era così forte che mai le avrebbe consentito di ammettere questa umanissima debolezza.

«E di me non vuoi sapere niente?» le domandò Marco.

Ancora una volta i suoi ricordi avevano preso il sopravvento trascinandola nel gorgo tempestoso della memoria. Perché si erano lasciati dopo quasi cinque anni di fidanzamento intenso e reciprocamente soddisfacente? Ambizione, ecco la risposta. La grande ambizione di lui che lo portava a negare qualsiasi importanza alle cose semplici della vita come la famiglia e i figli.

Cosa voleva diventare Marco? Manuela stentò addirittura a mettere a fuoco il ricordo perché su quella parte il medico tempo aveva lavorato con estrema attenzione. Essere un architetto di successo! Ecco che cosa interessava a Marco! Diventare un architetto di grido, famoso e ricco, di quelli che progettano le ville degli attori e delle persone importanti e questo suo sogno di grandezza aveva finito per divorare anche il loro amore, lentamente, pezzo per pezzo.

Lei si era battuta perché le cose cambiassero, aveva lottato con le unghie e con i denti perché lui capisse, perché tornasse ad essere quello studente un po' matto che aveva conosciuto ed amato, con il quale era facile stare seduti in auto a scherzare e ridere fino alle lacrime aspettando che il sole nascesse. Ma non c'era stato niente da fare.

Ecco perché quella sera non era sceso dall'auto per prenderla tra le sue braccia ed asciugarle le lacrime. Ecco la ragione della fine del loro amore lavato via dalla pioggia fitta di quella notte, ingoiato dai mille rigagnoli lungo i marciapiedi che portavano ciò che incontravano fino al mare, per poi lasciare al gioco delle maree il compito di disperdere tutto nelle terre più lontane.

«Tu cosa fai adesso?» chiese Manuela

«Sono impiegato in uno studio».

«Come dodici anni fa!» esclamò lei con un innegabile stupore.

«Sì, come dodici anni fa ed anche lo studio è lo stesso. Niente è cambiato, nemmeno i proprietari. Solo che adesso sono un po' più vecchi e molto più bizzosi!».

«E la tua brillante carriera?» chiese Manuela con un filo di cattiveria della quale però non tardò a pentirsi.

«Nessuna carriera. Solo uno stipendio sicuro e un orario che mi lascia abbastanza tempo libero da dedicare ai miei hobby. Gioco ancora a pallacanestro e a tennis e, anche se con gli anni il fiato si è fatto più corto, con l'esperienza riesco sempre a trovare il modo di cavarmela!».

Manuela lo guardò fisso mentre un milione di domande si affacciavano con prepotenza alla sua bocca.

Marco però fu più veloce di lei.

«Ti stai domandando dov'è andata a finire tutta la mia ambizione, tutta quella mia grande voglia di arrivare, vero?».

Manuela annuì impercettibilmente.

«È molto semplice: non avevo abbastanza carattere. Se devo essere sincero, l'avevo sempre saputo ma mi ero ugualmente illuso, illuso di poter sostituire l'impegno a quella dose di cinismo che mi mancava, ma non c'è voluto molto perché mi rendessi conto di quanto mi stessi sbagliando. Così mi sono messo l'animo in pace, tutto sommato senza troppi rimpianti, e adesso vivo una vita forse abbastanza modesta ma senz'altro molto più tranquilla rispetto a quella che mi avrebbe atteso se le cose fossero andate in maniera diversa».

«Mi risulta difficile crederlo» mormorò Manuela. Ora anche lei però si sentiva molto sorpresa, addirittura frastornata.

«Ti capisco. Mi auguro solo che tu non abbia sofferto troppo a causa della mia stupida vanità».

La donna non rispose: il suo cuore era diventato di nuovo troppo grande per il torace, proprio come quella notte di tempesta di dodici anni prima.

«Ho sbagliato quella sera a lasciarti andare e ho sbagliato tutti i giorni seguenti, quando la mia cocciutaggine mi ha impedito di chiamarti, di chiederti scusa, di confessare a te e a me stesso quanto fossi stupido ed arrogante. Purtroppo però ero così pieno di me, così sicuro di dover scalare il mondo fino alla vetta che non potevo fermarmi a guardarmi indietro, a preoccuparmi di nient'altro che non fosse la mia cieca ambizione».

I due cappuccini che un barista distratto aveva depositato sul bancone si erano ormai freddati quando l'orologio sul muro emise il "beep" delle undici.

«È tardi per me!» esclamò Manuela ancora confusa. «Devo rientrare in ufficio per una riunione».

«Capisco» disse Marco e i suoi occhi si velarono di una tristezza profonda mentre osservavano la donna che si avviava all'uscita.

La gente che affollava il locale si spostò per farla passare e lei si allontanò di qualche passo prima che la mano di Marco le toccasse la spalla con dolcezza.

«Ti sei sposata?» chiese l'uomo sorridendo ma non c'era curiosità nella sua voce, solo un alone di grande rimpianto.

«No» rispose lei seccamente, come se con quella risposta avesse voluto lanciargli in faccia un rimprovero che non aveva mai avuto né l'occasione né il coraggio di fare.

«Nemmeno io. Allora una sera possiamo vederci, sempre che tu sia d'accordo, naturalmente».

Manuela lo fissò per un istante lunghissimo, poi si sciolse in un sorriso accondiscendente.

«Certo. Mi farebbe molto piacere passare un po' di tempo con te».

«Allora ti chiamo, tanto so dove trovarti» disse Marco indicando l'enorme insegna sul palazzo di fronte.

«Ti aspetto».

«Ciao» disse l'uomo e con le dita le sfiorò lentamente la guancia, regalandole il brivido segreto della loro complice intimità che ormai era già stata irrimediabilmente risucchiata dal vortice dell'infinità di giorni trascorsi.

Manuela uscì dal bar e, badando bene a non farsi scorgere, gettò all'interno un'ultima, furtiva, occhiata.

Marco era ancora là, appoggiato al bancone e circondato da tutti gli altri avventori. Visto da lontano non c'era nessuna differenza con il ragazzo che aveva tanto desiderato e tanto amato, quello che era diventato la prima grande gioia della sua vita per poi trasformarsi nel suo primo grande, infinito, dolore.

I suoi occhi adesso erano divenuti un ponte dorato che sembrava avesse il potere di superare la barriera del tempo, facendole rivivere sensazioni che si era sempre illusa di avere dimenticato e che invece scopriva ancora vive e vitali, nascoste in qualche misterioso anfratto del proprio animo.

Con la gola gonfia di una commozione dolce ed invadente, si decise finalmente a rientrare in ufficio, ma questa volta un pensiero nuovo ed eccitante l'accompagnava: forse anche per lei non era più troppo tardi.

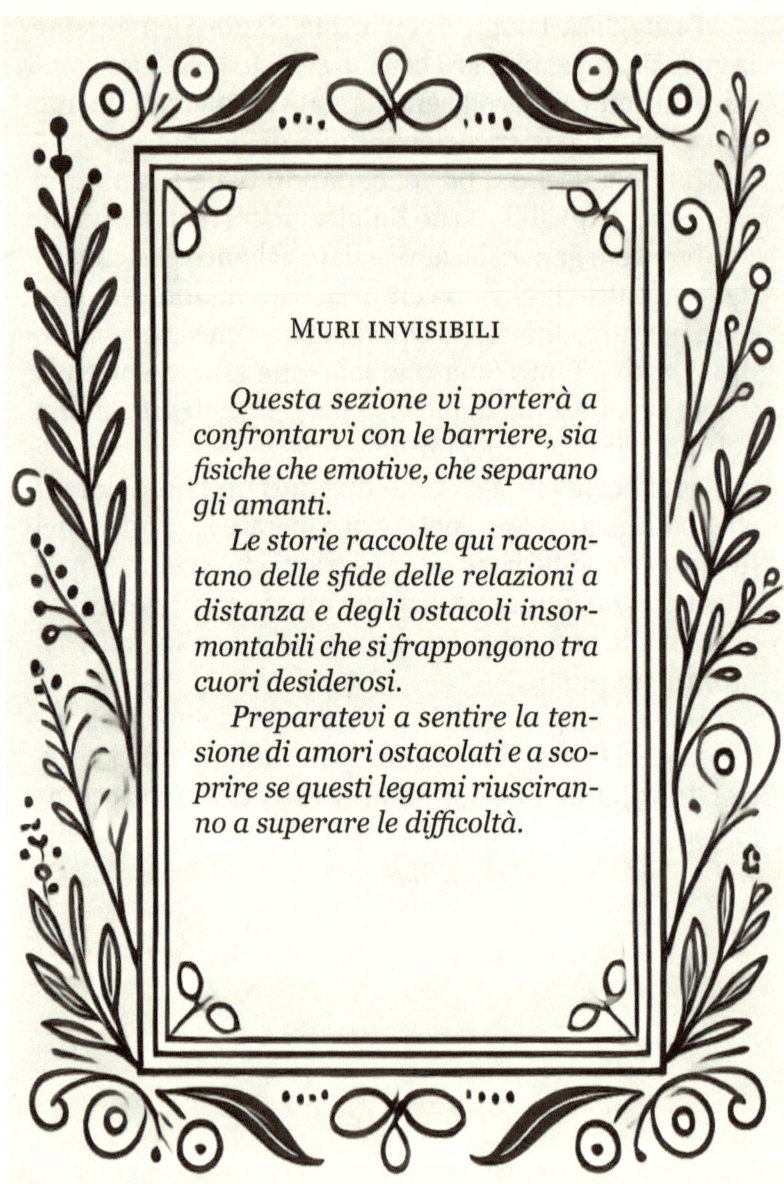

Muri invisibili

Questa sezione vi porterà a confrontarvi con le barriere, sia fisiche che emotive, che separano gli amanti.

Le storie raccolte qui raccontano delle sfide delle relazioni a distanza e degli ostacoli insormontabili che si frappongono tra cuori desiderosi.

Preparatevi a sentire la tensione di amori ostacolati e a scoprire se questi legami riusciranno a superare le difficoltà.

Energie Connesse

di Claudio Righenzi

È nella separazione che si sente
e si capisce la forza con cui si ama.
(Fëdor Dostoevskij)

Giorno uno

Sono partita prestissimo, quando ancora il mattino sapeva di notte.

«Per evitare il traffico» mi è stato detto.

Il viaggio è stato ugualmente lungo e noioso fino all'imbarco sul traghetto. Una lunga fila di camion rallenta l'accesso delle poche automobili che si sono ritrovate sul molo a quell'ora. Io mi guardo in giro e mi sembra di non essere lì: mi sento come una valigia trasportata da qualcuno da qualche altra parte. Perché non sei con me?

Giorno due

Mi sono sistemata in questa casa e sto provando a vivere questo tempo sospeso. Non è facile. È quasi sera e il cielo sta assumendo tenui colori di rosa e d'azzurro, mentre il sole muore nel mare. Seduta nel patio guardo l'orizzonte e ascolto lo sciabordio delle onde. All'improvviso mi sento riportata indietro nel tempo. Il rumore è lo stesso, i colori e i profumi identici. Sono su un'altra terrazza, con il cuore impazzito di felicità e la mia mano è nella tua, davanti a noi il fuoco del tramonto. Ora percepisco la tua presenza. Reale. Ti sento vicino a me. Una sensazione incredibile, durata un tempo indefinito. Le nostre energie, connesse e vive, che si scambiano l'una con l'altra. Qui e ora.

Giorno cinque

Stamattina c'è un vento forte; credo si chiami maestrale. Al sole si sta bene ma io conto le ore. Non posso fare altro. Sono in un luogo meraviglioso e non riesco a pensare ad altro che a te. Mi sono comprata una bottiglia di vino bianco, quello che piace a te. Stasera lo berrò gelato e sognerò di essere lontana da qui. Non è importante in quale posto sei, ma con chi sei! Anche se fosse il più bello del mondo. Tu non sei qui. Mi manchi e mai come oggi faccio una fatica pazzesca a starti lontana.

Giorno otto

Le giornate mi sembrano tutte uguali, senza acuti, senza gioia. Per fortuna però tu sei con me. Ci sei in ogni momento, in ogni cosa che faccio, in ogni mia azione, in ogni momento della giornata. Sei nel piatto di pasta e sei nell'insalata. Sei in un caffè bevuto da sola, seduta in un bar. Sei nel mare che mi avvolge con le sua braccia liquide. Vivo ogni giorno sperando che passi presto, per poter tornare da te. Anche in questi spazi liberi ci si può sentire in gabbia e soli, tristi, abbandonati. Questa vita non mi dà gioia. Il pensiero corre sempre da te... "*Se lui fosse qui*" lo ripeto dieci, cento, mille volte al giorno.

Giorno dieci

Ripenso al nostro rapporto. È forte, resistente. Gli diamo un grande valore: perché ci dà serenità, gioia, felicità, passione. Ora che siamo lontani, lo abbiamo messo in sospeso per non rovinarlo. Per proteggerlo da tutto e da tutti. Vorrei non cambiasse mai per colpa della lontananza. Lo so, so che per noi tutto riprenderà quando saremo di nuovo insieme, passati questi giorni tristi. Lo so, so che il nuovo tempo sarà meraviglioso, come è sempre stato finora. Io non voglio che cambi mai.

Giorno quindici
È trascorso un altro giorno. Mi sembrano tutti uguali. Qui c'è tanta pace e una tranquillità incredibile. Che differenza, ripensando a tutto quello che ci è successo da quel giorno. Mi ubriaco di sole e di mare e poi aspetto la brezza che riempie la serata. Così riesco a non pensare. La sera è il momento della nostalgia più forte, quando fatico a prendere sonno. I pensieri mi tengono sveglia. Alla fine, non so come faccio, riesco ad addormentarmi. Mi pare di dormire bene, anche se mi sveglio presto. Alle sei sono già in piedi. Mi preparo la colazione e mi sforzo di iniziare a vivere una nuova giornata. Senza di te.

Giorno sedici
Qui è tutto perfetto, solo tu non ci sei. Continuo a pensare alla nostra vita. Sono serena, so che ci amiamo. Solo questo adesso mi importa. Ho prenotato questa stessa casa per il prossimo anno! Non ti sembra una follia? Chissà che succederà, nel frattempo. Ma so che noi saremo insieme: questa è l'unica certezza che mi fa continuare a vivere.

Giorno venti
Mi sono spostata in un altro posto. Casa nuova, bella, molto moderna. Ti piacerebbe. Ormai ogni cosa mi

fa pensare a come reagiresti tu. "Chissà cosa direbbe? Cosa farebbe?" Fa più caldo qui. Sono scesa in spiaggia. L'acqua a riva è bassa, trasparente, calda e piena di pesciolini. Passeggio cercando conchiglie. Mi piacciono quelle piccole, piccolissime, che nessuno guarda... come me. Mi sento così: trasparente. La gente mi passa accanto e non mi vede. Non parlo con nessuno. Sto sola con i miei pensieri. Ma non ci sto male, anzi. Vivo il mio passato e provo gioia. Non penso al futuro, so solo che ora sono qui, persa nelle mie dolci ombre. Ogni tanto ascolto musica ma molto meno di prima. Tu eri la mia musica e oggi mi manca.

Giorno ventidue
Ho deciso che mi lascio vivere. Metto da parte le mie ansie e forse riesco ad essere quasi serena se penso che tu mi aspetti. Non sono triste, solo in attesa che questo tempo passi. Vorrei sentire la tua voce. Anche solo per un minuto. La tua voce mi fa bene. Calmerebbe la mia angoscia.

Giorno ventinove
Altro trasferimento. Viaggio per ore attraverso paesaggi infiniti, dove non c'è nessuno. Tutto come lo ricordavo, anche i nostri generosi amici. Mi hanno accolto con affetto, con un entusiasmo che mi ha riempito il cuore. La spiaggia è una di quelle che preferisco: alte dune, fiori che spuntano dalla sabbia ed un mare agitato dal maestrale. È così forte che oggi non riesco a fare il bagno.

Giorno trenta
Ogni giorno mi portano in una spiaggia diversa. Qui l'aria è più calda, il paesaggio selvaggio, il sole è forte,

ma l'acqua è gelata. La spiaggia, fatta di granelli di granito, assume colori diversi a seconda della luce. È il mio ultimo giorno e voglio fare il bagno nonostante il freddo dell'acqua mi morda le caviglie appena entrata. Il mare è trasparente ma ugualmente non vedo la medusa che mi pizzica. Sento un bruciore acuto e mi metto a urlare. Chiamo il tuo nome. Dove sei tesoro? Mi manca averti qui. Ho bisogno di te. Voglio solo tornare.

Due mesi prima
«Ha bisogno di una vacanza, signora. Mi ascolti, deve provare a staccare. Non può andare avanti così».

Lo guardo come un alieno. Che diavolo sta dicendo? Lui deve fare il suo lavoro, non lo psicologo. Cosa ne vuol sapere lui del frullatore in cui sono finita, anzi siamo finiti noi due. Non riesco a non pensare a te. In ogni cosa che faccio. Dove sei?

Sei mesi prima
«Dobbiamo separarvi. Per un po' di tempo non potrete stare insieme».

La notizia mi coglie impreparata, come uno schiaffo improvviso in pieno volto. Loro mi guardano con l'aria di chi espone una cosa logica. Io mi sento precipitare nel vuoto. Ma cosa stanno dicendo? Io non posso più stare senza di te. Mi manca il respiro. Devo sedermi.

Oggi
Mi hanno riportato a casa. Un'altra. L'ennesima. Parcheggiato davanti all'entrata scorgo il camion della ditta di traslochi. È quello che scandisce il mio vivere. Entro in soggiorno e poso la valigia. Mi guardo intorno. Alcuni oggetti, i nostri, comunicano la tua presenza. Chiudo gli occhi. Cerco di assaporare la tua energia. Sei lontano

ma ti sento. Ebbra del tuo ricordo, mi faccio forza per iniziare questo nuovo capitolo. Solo la certezza che ti rivedrò mi aiuta ad andare avanti.

L'ultima volta che ho provato a chiedere, non mi sono state date certezze.

«La protezione testimoni è un affare delicato, signora. Deve avere pazienza».

SURROGATI

di Daniele Bertoncello Brotto

Fabe stava mescolando il cappuccino che aveva davanti da quasi cinque minuti. Di solito non lo faceva, perché non ci metteva mai lo zucchero. Prendeva il cucchiaino solamente per mangiare la parte di schiuma, che neanche gli piaceva molto. Era un dettaglio ridicolo che avevo notato subito, dal primo appuntamento. Ci avevamo scherzato sopra più volte, specie considerando che io lo mettevo perfino nella cioccolata calda. In quel momento, però, non avevamo voglia di punzecchiarci. Lui evitava il mio sguardo, fingeva di guardare un punto sul tavolo e se doveva dirmi qualcosa non si avventurava mai al di sopra della mia barba. L'atmosfera era un po' pesante, nonostante la bella giornata d'aprile. Avevo aspettato impazientemente il bel tempo, sia per il buon umore che portava sia per poter vedere un pezzo in più della sua pelle. Già ai primi pomeriggi primaverili, infatti, avevamo iniziato a metterci a maniche corte, incuranti del vento fresco che ogni tanto soffiava. Quella mattina, in particolare, il cielo era stato molto nuvoloso, tanto che Fabe si era portato da casa una felpa scura, di quelle pesanti con la cerniera sul davanti. Quando le nuvole sono sparite e ha iniziato a fare caldo, lui ha resistito cinque minuti e poi se l'è tolta, ma per quanto mi riguardava avrebbe anche potuto tenerla. Quel giorno non provavo nessun piacere nel vedere la sua pelle, come lui non ne provava nel vedere i miei occhi, perché erano lì e non li guardava.

Non avevamo litigato ma era successo qualcosa che aveva graffiato la nostra intimità. Dovevamo lasciare passare un po' di tempo per permettere alla ferita di formare una crosta che potesse sopportare il contatto diretto. Tra di noi era così.

«Forse se fossimo un po' più vicini sarebbe meglio» ha detto dopo un po', mentre agli altoparlanti della stazione una voce sgradevole annunciava un treno in partenza.

Era un tema ricorrente, quello della distanza, perché era vero che abitavamo distanti. E questo complicava la relazione, ma non era il vero problema, lo sapevamo entrambi. Era solo un modo per dire altro senza nominare parole scomode, parole che sarebbero suonate come un bicchiere di cristallo che cade.

«Non penso cambierebbe molto» ho risposto, cercando di usare un tono neutro ma è uscito più ruvido di quanto volessi. Lui non ha reagito.

Eravamo omosessuali, si capisce. Non era facile, anche questo si capisce. Iniziavano molto presto, per noi, quegli scontri che molte coppie hanno di norma più avanti, quando i figli non permettono ai genitori di avere alcuna intimità, alcun momento per stare abbracciati. Quando i loro pianti e le loro urla arrivano fino alla camera da letto. Era una relazione mutilata, fatta più di mancanze e desideri che di effettivi momenti da ricordare.

«Andrò a vivere da solo, tra qualche mese in teoria dovrei prendere di più a lavoro» ha detto, ma era una speranza su cui era meglio non contare troppo, c'era il rischio di ferirsi. Un po' come togliere velocemente un foglio di carta dalle mani di un'altra persona, lasciandoci due tagli sottili.

«Andiamo, il treno sta per arrivare» ho annunciato, interrompendo quella finta conversazione. Ero io quello che doveva salire sul treno, sarei partito e per altri sette giorni non lo avrei più visto. Ci sarebbero rimasti solo chiamate e messaggi, in cui almeno potevamo parlare più liberamente, scherzare, sentire qualche parola affettuosa.

Era lui, soprattutto. Quando passeggiavamo da qualche parte, giusto per stare un po' insieme, era sempre molto sorridente. Sembrava felice, le parole gli uscivano una dietro l'altra, senza il filtro del pensiero. Camminavamo veloci, infagottati nel giubbotto per proteggerci dal vento. Ma se era una giornata particolarmente calda e nelle vie incontravamo più persone del solito, allora lui tirava il freno a mano. Ogni parola usciva stentata ed era quasi fastidioso ascoltarlo. Sembrava rumore di metallo che veniva trascinato sull'asfalto. In quei momenti era come se i suoi occhi scuri nemmeno mi vedessero, erano fissi nel cercare di scovare, tra i passanti, qualcuno di sua conoscenza. Non fosse mai che qualcuno lo vedesse in compagnia di un altro ragazzo, per giunta di uno che indossava una felpa con un fiore stampato sopra. Quella persona avrebbe subito chiamato un taxi per andare a dirlo a suo padre. Neanche fossimo in un ristorante con una candela sul tavolo.

Ci siamo fermati poco prima del binario su cui sarebbe arrivato il treno, lui ha tirato fuori il telefono. Per tentare di ristabilire un minimo di contatto, gli ho tirato un finto pugno sul braccio, lui ha fatto un leggero sorriso ma non ha ricambiato. Anzi, l'ho sentito irrigidirsi di poco, una ruga gli è apparsa tra le spesse sopracciglia. A me non fregava niente se qualcuno ci avesse visto baciarci o fare sesso ma non era lo stesso per lui. No, adesso sto esagerando. Era impossibile non avere paura, non diventare paranoici di fronte allo sguardo di un passante, che magari stava pensando a tutt'altro. Eppure, una parte di me reclamava una genuinità che non si poteva vivere nel segreto. Ero un'Eva che aveva assaggiato il frutto proibito e ora voleva porgerlo ad Adamo. Ma il mio Adamo avrebbe distrutto una parte di sé, mordendo il frutto, avrebbe visto un corpo diverso da quello che era convinto di avere.

«A me non darebbe fastidio se ci salutassimo in modo diverso, magari meno freddo» gli ho detto, un po' irritato.

I suoi occhi hanno avuto un leggero moto triste ma nulla di più. Le spalle si sono alzate di poco, per poi tornare giù.

«Anche a me piacerebbe, lo sai. Magari dalle tue parti, quando vengo io, qui mi conoscono».

Lo sapevamo entrambi che quella frase era una falsità, i suoi occhi già stridevano con quella promessa che non poteva mantenere.

«Credo che non te ne frega nulla di quello che penserebbero. È che poi saresti obbligato a riconoscere le cose come stanno, perché qualcun altro te le butta in faccia. Così è come fosse tutto un po' un sogno o una fantasia. Come non fossimo neanche reali» ho detto mentre annunciavano che il mio treno era in arrivo.

Non ha risposto, d'altro canto una risposta sarebbe stata difficile, avrebbe dovuto pensarci per un po'. La verità è che io non lo biasimavo affatto. Non era colpa sua se ci avevano insegnato fin da piccoli che dove c'è affetto, c'è qualcosa di male. Il suo dire quella parola l'avrebbe resa reale, non una nebbia confusa nella testa ma qualcosa di determinato, quasi tangibile. Che fossimo presi a botte per la nostra omosessualità era una probabilità troppo infima, certamente un evento possibile ma molto più immediato sarebbe stato il non riconoscersi più. Se nessuno sapeva di me, allora io non esistevo e lui non era veramente fidanzato. Se ci conosciamo solo attraverso gli occhi degli altri, allora lui era eterosessuale, non doveva fare i conti con nessuna delusione, con nessuna aspettativa, con nessun diritto da proteggere. Le persone che incontrava erano specchi, ciascuno rifletteva un'immagine di Fabe che lui gradiva e a cui era affezionato. Guardandosi aveva costruito se stesso, si era specchiato così per tutta la vita. Non avrebbe voluto vedere un segno nuovo ed evidente sulla pelle del viso, dall'oggi al domani. Noi non eravamo altro che un fantasma che vedeva di notte, quando era da solo.

Il treno era arrivato, l'ho salutato e ho salito gli scalini. Lui è rimasto lì, un po' deluso, come se sperasse anche lui che saremmo riusciti davvero a darci un bacio rapido tra un secondo e l'altro. Conoscevo anche io quella speranza e conoscevo altrettanto bene la paura che la accompagnava. Anche se me lo avesse dato nulla sarebbe cambiato, molta gente sarebbe passata in quella galleria e poi sui binari, quasi nessuno si sarebbe fermato a guardarci. Ma lui non sarebbe più stato Fabe.

«Aspetta!» ha detto salendo di qualche scalino. Io mi sono voltato e lui mi ha lanciato la sua felpa nera. «Hai dimenticato la felpa».

Lì per lì non ho capito, ho fatto solo una mezza risata per via dello strano gesto ma non c'era tempo per restituirgliela. Sono salito, era caldo come lo è in treno quando è estate ed è pieno di gente, con il solito leggero odore di polvere e sudore. Mi sono seduto, stretto tra altre persone e pure con il sole in faccia, visto che i finestrini leggermente oscurati non lo bloccavano del tutto. La felpa era con me, un pezzo di lui che mi sarei portato a casa. Quando il treno è partito, ho finto di sistemarmi meglio sul sedile solo per portare velocemente la felpa al naso e sentire il suo profumo. Probabilmente non era il profumo della sua pelle ma quello dell'ammorbidente con cui sua madre faceva il bucato. Non era importante, era sempre lui.

Io e Fabe non avevamo braccia, eravamo nati senza labbra. Quello che ci attendeva ogni fine settimana era il girare a vuoto per la città, così da stare soli, oppure lo stare a casa sua a fingere di studiare. Vederlo lì, alla scrivania, e non potergli nemmeno sorridere in modo onesto era come ascoltare il suono acuto e insopportabile di un treno che frena senza fermarsi del tutto, vedere il suo fluire naturale che viene bloccato da tenaglie meccaniche. Quando sua madre usciva per portare a spasso i cani noi ci buttavamo sul letto e rimanevamo abbracciati per un po'. Vibravamo di ormoni, non è qualcosa da nascondere, ma era bello stare lì con i suoi capelli scuri sul mio petto, pelle a pelle, magari con qualche bacio. Mettevamo un cronometro e scaduti i venti minuti ci alzavamo e facevamo finta di nulla, perché sua madre non stava mai via molto. Se doveva dire qualcosa a Fabe, poi, non bussava mai per entrare in camera: non pensava certo ci sarebbero stati motivi per farlo. Erano attenzioni lesinate, un'intimità col contagocce, il rumore di un trapano che si ferma per brevi istanti di pace, e poi riprende per interi minuti.

Ormai distante da lui, mi sono messo la felpa e l'abbraccio è scattato. Sentivo Fabe vicino a me, appoggiato al mio corpo, con le mani posate sulle mie spalle o con le dita che scivolavano sulla mia pelle. Era come se mi stesse tenendo stretto. Faceva troppo caldo, a tenerla intorno, ma era meglio così perché anche il suo corpo era caldo. Era morbida come i suoi polpastrelli, il colore era lo stesso dei peli sulle sue braccia. Mi sono lasciato andare sul sedile, mentre mi lanciavo veloce verso casa, accompagnato dal tono basso e ritmato della sua voce. Non sentivo tutta la gente che parlava o il rumore dei binari ma una canzone ancora più bella che se avessi avuto delle cuffie alle orecchie. Sentivo il suono del suo respiro, i suoi vestiti, il petto che si alzava e abbassava. Fu l'eternità.

Quando sono arrivato a casa era notte fonda. Quell'affetto che pure sembrava aver rinunciato ad essere pronunciato, che non osava mostrarsi, aveva trovato una qualche sorta di voce. Erano messaggi cifrati, ma dolci, e arrivavano a destinazione. Era pur sempre un linguaggio dotato, a suo modo, di parole.

Ferite

di Maria Grazia dell'Unto

Nello stesso istante in cui Claudio vede Ginevra con gli occhi pieni di delusione, anche se con la mente annebbiata dai fumi dell'alcool, capisce che la ragazza ha frainteso. Si rende conto di avere la camicia sbottonata e, seduta accanto a lui, c'è Simona mezza nuda. La sposta con violenza e si precipita per le scale, dove Ginevra corre come una forsennata. Esce dal portone che lei ha lasciato spalancato, sente uno stridere di freni e lo spettacolo che ha davanti è devastante: lei riversa sull'asfalto, non dà segni di vita, e un povero cristo cerca di rianimarla.

Claudio si china su di lei, la chiama ripetutamente ma non si muove, non parla. È girata su un fianco, lui cerca di metterla supina per vedere se ha ferite alla testa e sulla fronte.

«Signore, non la muova!» grida l'uomo. «Chiamo un'ambulanza!»

«Sono un medico» lo informa lui. «Chiami, però, i soccorsi!»

Claudio capta di essere in una situazione surreale, tutto il liquore che aveva dentro si è vaporizzato di fronte a Ginevra distesa sul bitume nero, nella fredda sera di dicembre.

La sirena dell'ambulanza squarcia il silenzio della notte invernale, scendono i paramedici e, quando la caricano, lui sale con gli altri.

«Signore, dove va?» lo richiamano.

«Mi faccia passare! Sono un medico» si impone.

Arrivano in ospedale e al pronto soccorso non lo lasciano entrare.

«Faremo tutti gli accertamenti» gli comunicano.

Claudio, allora, si abbandona su una delle sedie di plastica della sala d'attesa, isolandosi dalla realtà.

All'improvviso, mentre è avvolto in una specie di torpore, si scuote e realizza che i familiari di Ginevra non sanno nulla. Non se la sente di chiamare i genitori, li conosce solo di vista. Rimane solo Sara, la migliore amica della donna. Così, da codardo qual è, compone il numero.

«Moretti!» risponde diversi trilli dopo con la voce impastata dal sonno. «Che diavolo hai combinato questa volta per chiamarmi nel cuore della notte? Dove hai fatto scappare Ginevra? Comunque, sappi che non è da me...»

«Taci!» lui blocca il flusso di parole. «Ginevra ha avuto un incidente!»

Silenzio dall'altra parte. «Che stai dicendo?» urla poi. «Come sta?»

«Non lo so ancora. Non mi hanno fatto entrare al pronto soccorso! Vieni, per favore».

«I suoi lo sanno?» domanda col suo solito pragmatismo.

«Non ancora» sospira lui.

«Presumo che debba essere io ad informarli!» taglia corto. Mezz'ora dopo, Claudio è ancora seduto sulla gelida sedia di plastica del pronto soccorso, vicino a lui c'è Sara, di fronte i genitori di Ginevra. Claudio è proiettato in un contesto surreale, in quella sorta di esistere al limite della normalità, in quella situazione che, pur esistendo, evoca immagini al di fuori della realtà. Sta rivelando a tutti gli aspetti più intimi del suo animo.

Dopo un tempo indefinito, un medico annuncia che è stata eseguita una tac completa, Ginevra ha un ematoma che deve essere rimosso al più presto, dunque sarà portata in sala operatoria.

«Dottore!» Claudio si rivolge alla persona che ha dato la notizia. «La prego, mi faccia assistere all'operazione! Ginevra è la mia fidanzata! Non posso starmene qui con le mani in mano a struggermi per l'ansia e la preoccupazione!»

«Non si può!» Il medico è perentorio.

«La prego» continua a ripetere in un lamento.

Il dottore, forse mosso a pietà, sembra voler trovare una soluzione. «Vado a chiederlo al neurochirurgo. Se le dà il consenso, per me va bene».

Poco dopo arriva quello che Claudio riconosce come un vecchio compagno di università. Si chiama Lorenzo Mancini e si è specializzato in neurochirurgia.

«Moretti» si rivolge a Claudio appena lo vede.

«Ti prego, Lorenzo!» lo implora. «Lasciami entrare!»

«È così importante per te questa donna?» domanda meravigliato.

Claudio annuisce.

«Moretti innamorato?» commenta l'altro. «Non me lo sarei mai aspettato».

«Ti prego!» continua Claudio umiliandosi.

«Andiamo» conclude. «Dobbiamo rimuovere quell'ematoma!»

In sala operatoria, Claudio vede Ginevra distesa su quel tavolo, esanime, e lo attraversa un brivido.

«Procediamo!» Mancini prende il bisturi e incomincia ad incidere il cranio di Ginevra. «Avvicinati, Claudio» lo chiama vedendo che è rimasto in disparte. «Non sei un neurochirurgo ma sei abituato a squartare gente. Non pensavo che Moretti capitolasse ai piedi di una donna!» riprende poi cercando di smorzare la tensione. «Vieni qui! L'ematoma si trova in un punto delicato, ma ce la faremo».

Claudio lo vede armeggiare per un tempo indefinito attorno al sangue rappreso, fino a quando gli occhi di tutti si concentrano sulle macchine che sembrano impazzite.

«Che diavolo sta succedendo?» grida Claudio con tutta l'aria che ha nei polmoni.

«La stiamo perdendo!» urla più forte Mancini. «Il cuore non sta reggendo! È in arresto!»

Claudio, assalito da una forza improvvisa, si fionda su di lei e inizia a praticare il massaggio cardiaco. «Ginevra!» grida. «Non mi lasciare!»

«Claudio!» Lorenzo si arrende. «Non so cosa sia successo, ma Ginevra non ce l'ha fatta».

«Non è vero!» strilla. «Non può essere» e si abbandona sul corpo che non dà segni di vita.

«Claudio» lo chiama il suo compagno, «andiamo via».

«Nooo!» Si getta ancora su di lei, continuando in un gesto disperato a praticare quel massaggio che, secondo tutti i presenti, non ha più senso.

«Professore» urla, ad un tratto, uno specializzando. «Il cuore ha ripreso a battere!»

«Claudio!» Lorenzo gli dà uno strattone, scansandolo dal corpo della giovane. «Lasciaci lavorare!»

Mancini e la sua equipe, dopo diverse ore e un lavoro certosino, riescono a rimuovere l'ematoma.

«Ginevra si è salvata» annuncia togliendosi il camice intriso di sangue. «Preferisco però tenerla qualche giorno in coma farmacologico, è debole e provata».

Usciti dalla sala operatoria, il neurochirurgo guarda i parenti della ragazza.

«È salva» mormora Claudio. «È stata dura, ma ce l'ha fatta». Poi si abbandona su una sedia e non riesce a dire altro.

Ginevra sente delle voci e le sembrano provenire da lontano, avverte dei rumori ovattati, vede muoversi forme che non riesce ad associare a gente conosciuta. Ha ricordi confusi, Claudio disteso sul divano, Simona mezza nuda, uno stridere di freni, una botta forte, fortissima e infine il buio.

«Si sta svegliando!»

Intravede vicino al letto un uomo in camice bianco e comprende di essere in ospedale. In piedi accanto al medico c'è Claudio, sente addosso il suo sguardo, è preoccupato e ha quel ghigno dietro cui nasconde il nervosismo e l'ansia. Ginevra respira a fatica, cerca di parlare ma non riesce ad articolare alcun suono.

«Ginevra, non ti sforzare» le suggerisce il medico.

Ricade nell'oblio.

«Non è che è presto per svegliarla?» domanda Claudio.

«È ancora debole e fragile». La donna sente il dottore. «Ma i valori sono buoni! Ho i miei motivi per riportarla adesso allo stato di coscienza».

Non ode più la voce di Claudio ma riesce ad immaginare il suo annuire, l'affidarsi a quel medico che probabilmente è certo di ciò che sta facendo.

Quando, dopo forse ore, Ginevra è completamente sveglia, vede Claudio accasciato su di lei e lo sente respirare tra i capelli.

«Vattene!» gli ordina.

«Non agitarti» mormora lui.

«Vattene!» ripete la ragazza.

«Non è come credi» continua lui. «Tutto è contro di me, lo so. Ma, te lo giuro, non è successo niente con Simona».

«Vattene!» Ora lo implora.

Il neurochirurgo entra proprio in quel momento. «Che succede? Ho sentito Ginevra intimarti di andare via!»

«Abbiamo avuto qualche incomprensione» si affretta a precisare lui.

«Vattene» è un labile sussurro.

«Claudio, esci» lo invita il dottore. «Ginevra è stata chiara!»

Lo vede allontanarsi e, quando è sulla porta, si sofferma. «Non è come pensi» mormora. «Io ti amo!»

Quelle tre parole spiazzano Ginevra, non glielo aveva detto mai, anche se in mille diversi modi lo aveva sempre dimostrato. Non può lasciarsi intenerire, lui non cambierà, nemmeno con un figlio.

"Oddio, ma ci sarà ancora?" pensa e, istintivamente, si tocca la pancia.

Il dottore se ne accorge.

«Non c'è più, vero?» sussurra con disperazione.

«Stai tranquilla, c'è» annuncia e per Ginevra è come ricominciare a respirare con i propri polmoni dopo essere stata diverse ore in apnea.

«Mi chiamo Lorenzo Mancini» spiega il medico. «Sono il neurochirurgo che ti ha operato! Non è stato facile ma ce l'avete fatta entrambi. Lui non sa del bambino, vero?» intuisce poi. «Dovresti dirglielo! Ho conosciuto Claudio ai tempi dell'università e non avrei mai immaginato di ritrovarlo, dopo tanti anni, innamorato».

«So io cosa fare!» Ginevra è categorica.

Allora il medico, dopo aver controllato i suoi parametri, esce.

Intanto, fuori, quella parola stordisce Claudio, quel "vattene", prima urlato, dopo appena sussurrato, implorato, si infrange in mille cristalli nel suo cuore, in stille di afflizione.

Ricordi

di Maria Grazia Dell'Unto

Sono oramai due mesi che Claudia si sottopone a sedute di ipnosi per far riaffiorare gli anni che ha rimosso ma ancora quel vuoto non è stato colmato. Durante la terapia psicologica, le è stato detto che è sposata con Alex ma è come se fossero separati perché lui se ne è andato in America circa sette anni fa, quando hanno perso un figlio di tre anni per un tumore al cervello. Subito dopo, Claudia è rimasta incinta ed è stato quello il momento in cui lui è fuggito. Dal loro ultimo rapporto sono nati due gemelli, un maschio e una femmina. Quando Alex torna, per un'assurda fatalità del destino, si trova di nuovo a lavorare nello stesso museo del quale era stato direttore e Claudia la sua vice.

La donna non riesce a provare dolore per la morte di Mattia perché non rammenta quegli avvenimenti e ha ricordi sfocati anche del bambino. Claudia non si spiega nemmeno come possa amare quelli che dicono siano i suoi figli. La psicologa le ha raccontato di quanto sia legata a loro e di come siano stati i gemelli a darle la forza di risorgere dalle macerie, di rimboccarsi le maniche, di progredire anche nel lavoro fino ad arrivare ad essere il direttore del museo.

Non riesce nemmeno a credere che non ami più Alex, che non sia come l'aria che respira, che non le manchino i suoi baci e le sue carezze.

Claudia, dopo l'incidente che le ha causato la perdita della memoria, è tornata al lavoro, è efficiente e con Alex si è ristabilita la complicità di sempre. Lui è molto premuroso; la sera, quando staccano, l'accompagna a casa, qualche volta sale e bevono qualcosa insieme, a volte resta a cena, aiuta a sistemare e poi se ne va. Ha detto a Claudia che preferisce essere onesto, non vuole riaverla con l'inganno approfittando di lei in un momento in cui è così fragile.

«Basterebbe un nulla, Claudia!» le ha sussurrato una di quelle sere. «Se io adesso ti stringessi a me, come desidero fare da quando ti ho rivista, tu cederesti perché i tuoi ricordi sono fermi a quando eravamo felici e innamorati! Ma ti prenderei in giro, ti farei male più di quanto non te ne abbia già fatto e poi tu mi odieresti!»

«Non può essere!» si è sfogata lei quella sera in un momento di sconforto. «Non può essere che sia successo tutto quello che mi dite! Non può essere che io non ti ami e tu non ami me!»

«Io ti amo come il primo giorno!» le ha risposto lui con la voce rotta dal pianto. «Ma voglio averti quando avrai ricordato come ti ho ferito! Voglio che tu riviva il male che ti ho fatto! Poi sarai tu a scegliere se darmi un'altra possibilità o mandarmi al diavolo per sempre!»

Alex vede Claudia avvilita, sempre più spesso la sorprende pensierosa e stanca, è convinto che la notte dorma poco e che non mangi come dovrebbe. E una mattina come tante, passando davanti alla stanza, Alex vede la porta dello studio di Claudia aperta, lei è china sulla scrivania e si massaggia le tempie, gli fa una tenerezza enorme, gli si stringe il cuore, fa uno sforzo immane per non entrare e prenderla tra le braccia per difenderla da avvenimenti che la stanno distruggendo.

Quando Alex torna nel suo ufficio, pensa di invitare Claudia a cena, vuole portarla in un bel locale, farle passare un paio d'ore spensierate. Diverse volte si alza dalla sedia per andare a proporglielo ma poi fa dietro front perché ha paura di confonderla più di quanto già non lo sia.

Mentre si sta tormentando, sente una voce alle sue spalle.

«Alex!» è Claudia che lo richiama all'ordine. «Ma ti sei incantato?»

Infatti sta incollato alla finestra e guarda scorrere la vita di una Roma assolata di inizio giugno.

«Alex! Ma si può sapere che cos'hai?»

«Niente!» si lascia scappare lui. «Stavo pensando ai bambini! Mi mancano, sai?»

«Dai, Alex!» Lei si avvicina appoggiandogli una mano sulla spalla. «Vedrai, quando avrò recuperato i miei ricordi, ritorneremo ad essere una famiglia!»

I bambini sono andati in vacanza con i nonni, in modo che non assistano a tutto il dolore che sta travolgendo la loro mamma.

«Claudia, ti prego!» Alex sente una pena senza paragoni. «Non illuderti! Quando recupererai la memoria, ti accorgerai che non ti fidi più di me, saprai che ho fatto di tutto per ferirti, che non ti ho sostenuta e non ho saputo affrontare il dolore insieme a te!»

«Io mi rifiuto di crederci!» insiste lei. «Non posso pensare che quello che ci legava sia svanito in un soffio!»

«Credimi! Anche io non posso più vederti così, sei dimagrita, hai le occhiaie, spesso sei pensierosa! Vorrei avere una bacchetta magica che mi permetta di recuperare i tuoi ricordi! Te li offrirei con tutto l'amore che provo per te!»

Lei si avvicina e gli prende una mano costringendolo a voltarsi, si accorge che ha gli occhi umidi.

«Sai!» gli parla con dolcezza. «Come vorrei passare una giornata spensierata, anzi mi basterebbe anche qualche ora!»

In quell'istante lui si fa coraggio e glielo propone.

«Claudia!» le mormora quando è pericolosamente vicino. «Posso chiederti una cosa?»

Lei lo guarda e sorride. È bellissima e l'istinto di baciarla è smisurato.

«Ma se non vuoi, non me la prendo, ti capisco!» si giustifica subito dopo.

Lo guarda con aria interrogativa.

«Ci verresti questa sera a cena con me?» le chiede come un ragazzino che dà un primo appuntamento.

«La sai una cosa? Al diavolo medici, terapisti e ipnoterapeuti! Godiamoci una serata incauta e rilassiamoci! Penso che ne abbiamo bisogno entrambi!»

Manca poco ed Alex andrà a prendere Claudia. Lei si è preparata con cura indossando un vestitino leggero a fiori, si è truccata con colori pastello che richiamano la fantasia dell'abito, un velo di rossetto ed è pronta. Le pare di essere tornata ai loro primi appuntamenti, quando lo aspettava con il cuore in gola e, sentendo il clacson della sua macchina fremere perché scendesse, si precipitava per le scale.

Quando Alex, arriva con un completo blu scuro e una camicia azzurra con la cravatta a striscioline a riporto, Claudia lo vede guardarsi intorno e poi sbuffare, è divertita perché sa che lui sta pensando che è sempre la solita.

La donna scende e, appena Alex la vede, la guarda come se avesse visto il sole dopo giorni di pioggia.

«Il fatto che sei incantevole mi permette di perdonarti il ritardo!» la prende in giro.

«Non ho mica fatto tardi!» finge di essere offesa. «Non ci crederai, ma sono pronta già da molto prima che tu arrivassi!»

«Sì, sì!» commenta.

«Comunque anche tu stai benissimo!» conclude Claudia mentre lui le offre il braccio come un gentiluomo e le apre la portiera.

La porta al mare, in un locale molto chic, uno di quelli in cui te ne vai che hai ancora fame. Li fanno entrare in un gazebo illuminato solo da piccole candele sparse a terra, sono praticamente sulla spiaggia, ci sono i tipici ombrelloni hawaiani, con il tetto di paglia.

«Si chiama Cena al buio, Odori e sapori!» spiega Alex. «Fa vivere un'esperienza sensoriale unica nel suo genere! Non vedrai molto ma potrai avvertire il profumo del mare e quello del buon cibo che stuzzica il palato!»

Lo chef consiglia risotto al gambero rosso di Mazara del Vallo con zeste al limone e liquirizia, poi gallinella di mare e panna cotta al basilico. Prima del dolce Alex vuole che lei assaggi le ostriche servite su ghiaccio tritato.

«Andiamo a fare due passi?» domanda Alex quando hanno terminato la cena. «Fa caldo qui dentro!»

La donna annuisce e lui le porge il braccio. Passeggiano lungo la riva in silenzio, l'oscurità del mare è rischiarata dalla spuma delle onde che si infrangono sulla riva e dalla luna piena.

«Come mi piacerebbe che quegli anni che ho dimenticato non fossero passati!» dice Claudia più a se stessa che ad Alex, che continua a non parlare, poi si ferma e la fissa con quello sguardo intenso che le rivolgeva quando si amavano.

«Io vorrei invece che tu ricordassi tutto e mi dessi la possibilità di rimediare al male che ti ho fatto!»

Lei non risponde ma la percuote un brivido e lui se ne accorge.

«Hai freddo?» chiede premuroso.

«Un po'!»

Lui si toglie la giacca e gliela posa delicatamente sulle spalle. «Forse è meglio che andiamo!» aggiunge poi. «Si è fatto tardi!»

Qualche giorno dopo, Claudia ed Alex stanno lavorando alla stesura di un articolo da pubblicare a breve, quando il cellulare della donna squilla.

«Scusami, deve essere qualcosa d'importante» si giustifica. «Rispondo e torniamo subito al lavoro».

«Tranquilla» la rassicura lui «ci sono due bambini lontano con i tuoi, non sono tranquillo nemmeno io».

Invece non la chiamano per i gemelli, è la sua amica Sonia che è rammaricata per non poterla accompagnare, il giorno seguente, alla seduta di ipnosi per un improrogabile impegno di lavoro.

«Va bene!» le risponde Claudia. «Non preoccuparti, risolverò diversamente». Attacca e poi si rivolge ad Alex: «Mi permetti di fare una telefonata importante?»

«Problemi?» domanda lui notando la sua espressione preoccupata.

Lei scuote la testa mentre compone il numero di un'altra amica e le chiede se può accompagnarla lei. Non può nemmeno questa.

«Che c'è, Claudia?» le domanda Alex capendo che lei si sta agitando.

«Ho una seduta di ipnosi» confessa «e non riesco ad andarci da sola!»

«Claudia» la chiama con dolcezza «se me lo permetti, posso accompagnarti io!»

«Davvero lo faresti?» Lo guarda dentro quei suoi profondissimi occhi blu.

«Hai così poca fiducia in me?» Sorride.

«È... È ... È ...!» esita.

«È cosa?» insiste lui.

«Ho paura!» ammette lei. «Paura di conoscere cose che mi faranno male e non avere nessuno accanto a me in quel momento!»

«Potresti anche scoprire di odiarmi con tutte le tue forze!» le fa notare Alex.

«Sento che non è così» afferma lei. «Anzi, ne sono certa!»

Il giorno seguente, quando manca poco alla seduta di ipnosi, Claudia è nervosissima. Sono nello studio di Alex per concludere l'articolo ma lui si accorge che la donna non riesce a concentrarsi.

«Ehi!» cercando di rassicurarla. «Che cos'hai?»

«Nulla!» Vuole smorzare la tensione.

«Claudia, sei tesa, agitata. Cos'è che ti preoccupa?» Avvicinandosi a lei.

La donna sospira e poi si porta le mani alla testa. «Non ce la faccio, Alex!» Inizia a singhiozzare. «Non ce la faccio! Sono terrorizzata!»

«Guardami!» Le prende le mani e le solleva il mento costringendola a incontrare i suoi occhi. «Di cosa hai così paura?»

«Alex...!» È titubante. «Ti prego...! Non voglio...! Lascia stare!»

«Claudia, considerami un vecchio amico a cui puoi dire tutto». Lui prova a capire quello che sta provando.

«È questo che non voglio!» sbotta. «Io non ti considero un amico! Per me sei sempre l'unico amore della mia vita! Lo capisci che i miei ricordi sono fermi a quando ero innamorata di te? Lo capisci che, come allora, ti amo con tutte le mie forze? Lo capisci che quando mi dici considerami un amico, che quando agisci come un amico, mi fai male?»

«Che devo fare, allora?» dice confuso.

«Non lo so, Alex! Non so quello che mi sta succedendo! Io vorrei ricordare tutto al più presto ma nel contempo ho timore di scoprire che le cose non sono più come io le vorrei ora!»

«Purtroppo non lo sono, Claudia!» La sua voce è stranamente calma. «E l'unico modo per scoprire come stanno le cose è ricordare!»

Lei sbuffa e guarda l'orologio. «È ora di andare!» nota. «Alex, mi prometti che qualsiasi cosa accada, mi starai vicino?»

«Te lo giuro!» annuisce lui e si avviano verso l'uscita.

Claudia è categorica, vuole che Alex entri con lei e sia presente durante la seduta, in seguito si sdraia e, dopo i preliminari, la voce rassicurante dell'ipnoterapeuta la guida ad entrare in quello che gli esperti chiamano induzione dello stato di trance ovvero, attraverso tecniche di rilassamento, la fa entrare nel mondo del suo subconscio. Il terapista spiega che, dopo l'ultima seduta, in accordo con Claudia, ha stabilito che proprio quel giorno sarebbero stati isolati i ricordi e le emozioni legati alla morte di Mattia. A quel punto Alex capisce il motivo per cui Claudia era così agitata e timorosa. È uno strazio il racconto che lei fa di quei giorni, insieme a lei Alex rivive la data dell'operazione, il non parlarsi, il suo nervoso camminare avanti e indietro, il pianto sommesso di sua moglie e il suo strillarle contro di non frignare, il professore che usciva dalla stanza scuotendo la testa e, con un nodo alla gola, il dire che non era andata, l'urlo straziante di Claudia, il suo estenuante silenzio, la freddezza dei suoi occhi, tutto l'odio che allora si erano vomitati addosso, il funerale con i pianti e la disperazione di tutti e il suo altro agghiacciante silenzio, il fare l'amore con disperazione e la scoperta di quella gravidanza indesiderata, il mandarla al diavolo e fuggire in America, il suo odiarlo con tutte le forze che ancora possedeva...

Quando la seduta volge al termine, il terapista capisce che è stato Alex ad aver provocato tanto dolore e gli chiede se vuole andare via, prima che porti alla mente cosciente quello che Claudia ha ricordato. Lui scuote la testa, non vuole andarsene, si assume le sue responsabilità, anche se lei dovesse dirgli che non vuole più vederlo.

Allora lo psicoterapeuta inizia piano a risvegliare Claudia. Quando riapre gli occhi, lei sente le guance umide, è provata, ma subito i suoi occhi nocciola incontrano quelli di Alex, si alza con calma, si avvicina, lo fissa con insistenza, poi si fa ancora più vicina, lo fissa ancora e, all'improvviso, gli sferza due sonori schiaffoni. Torna a guardarlo e si getta tra le sue braccia.

«Alex...» singhiozza mentre lui la tiene stretta come fosse la cosa più preziosa al mondo. «Non mi lasciare sola, ti prego!»

«Shhh!» le sussurra lui baciandole i capelli. «Non sarai mai più sola! Ti proteggerò da tutti e dal mio essere stato crudele!»

Claudia sa che la strada da percorrere è ancora lunga, si rende conto che con Alex dovrà parlare di molte cose rimaste in sospeso, ma in quel momento, tra le sue braccia, si sente appagata, serena e finalmente a casa.

L'Eudaimonìa dell'Anima
Storia di un Amore (in atti)

di Beatrice Rosanova

Prologo

Simone ama. Ama incondizionatamente, senza lasciarsi scalfire da nulla. Quando sceglie la persona da amare non ci sono limiti, non ci sono confini, ama e basta.

Ama in milioni di sfumature, ama a prescindere da come viene trattato. Simone si impunta e ama, perché crede che tutti si meritino di essere amati e non importa se lui, invece, viene lasciato da parte. Non importa se il destinatario del suo amore non capisce o non vuole capire. A Simone importa solo di amarlo.

Enea guarda Simone quando gli rivolge una carineria inaspettata, guarda la speranza inondare i suoi occhi quando lo invita da qualche parte o quando gli passa distrattamente una mano tra i capelli. Lo guarda, ma non lo vede.

Atto primo: la mancanza

Non si parlano, Simone ed Enea, e i rancori si accumulano, si uniscono e si sommano. Da quando non frequenta più Simone, Enea fuma molto di meno. Sicuramente è positivo per la sua salute ma, forse, gli manca il più piccolo.

Gli manca il sorrisetto sarcastico di quando sa che lui gli offrirà una sigaretta, gli manca smezzare le canne, gli manca la fame chimica impellente e svuotargli il frigo. Ma Simone gli manca anche quando è a scuola e non parla più con nessuno perché non ne vale la pena. Gli manca quando sta lavorando nel suo garage, perché lì dentro non era quasi mai da solo. Gli manca quando è a casa e quasi smette di respirare, tanta è la voglia di scrivergli, di dirgli che la devono smettere di ignorarsi e che nemmeno se lo ricorda perché non si parlano più.

Ma mentirebbe. Enea se lo ricorda bene perché non parlano più, si ricorda di chi è la colpa ed è questo che lo fa desistere. E allora smette di fumare, di guardarlo in classe. Impara ad aggiustare le moto da solo e a leggere un libro per sopportare la solitudine.

***

Simone, invece, si rifugia nel suo mondo fatto di Matematica e formule prestabilite. Inizia a pensare che sia meglio dedicarsi a qualcosa di predefinito e non di così imprevedibile come l'amore. Impara che l'amore non corrisposto fa male, fa male da morire e non parlare più con Enea fa ancora più male. Non sopporta l'idea di non sapere più cosa faccia o con chi lo faccia. Non sopporta il fatto che, visti da fuori, chiunque penserebbe che non siano nulla e che non lo siano mai stati.

Enea, però, è ancora il suo vicino di banco. Ogni singolo minuto della giornata lo sente muoversi accanto a lui, lo sente parlare con Federico e ridere alle battute di Mattia, e lo sente anche girarsi verso di lui di tanto in tanto. La verità è che ha paura: ha paura di cosa si direbbero se uno dei due si decidesse a smettere di comportarsi da bambini, anzi, ha paura di cosa potrebbe dirgli Enea, che quando è nervoso straparla e ogni volta gli spezza un po' di più il cuore.

Eppure, nel silenzio della sua camera, si permette di crollare, e si sente un poo meglio nel momento in cui apre la galleria del suo cellulare e guarda tutte le foto che si sono scattati insieme, ancora e ancora. Si incanta ad osservare il profilo di Enea: la fronte coperta dai ricci morbidi, il naso delicato e le labbra che lo hanno stregato dalla prima volta che l'ha visto.

E ogni volta finisce a soffocare un urlo contro il cuscino, troppo frustrato per arrabbiarsi con se stesso, perché è crollato di nuovo, ha permesso al suo maledetto lato fragile e innamorato di emergere e distruggerlo ancora.

Quando smetterò di farmi del male da solo?

Enea ha paura di entrare in garage ma deve per forza terminare quella moto per il fine settimana. Continua a temporeggiare, ma sa che prima o poi dovrà entrarci. Dovrà entrarci e lavorare *da solo* per ore, senza le risate di Simone e senza i battibecchi stupidi.

Ripensa ai messaggi che avrebbe voluto inviare, alle parole non dette, agli sguardi inspiegabili e ai tocchi ingiustificati. Ripensa al fatto che è proprio uno stronzo, che non gli ha nemmeno mai davvero chiesto scusa per averlo ferito e soprattutto ripensa agli occhi delusi e distrutti di Simone.

E poi si domanda se ne vale la pena, se davvero perdonarlo sarebbe meglio per l'altro.

Ci torneresti da me, Simò?

Atto secondo: la passione

Odi et amo. Quare id faciam, fortasse requiris. Nescio, sed fieri sentio et excrucior.

Enea detesta latino. Forse è più esatto dire che detesti il prof. Lombardi, ma nemmeno la materia è il suo forte.

Catullo, però, gli scioglie il cuore. Le parole disperate di un uomo così innamorato, così *intossicato* e perso per una donna, da essere disposto a tutto per renderla felice.

Gli è capitato per caso di leggere il carme 85 del *Liber*, e se ne è innamorato.

Ti odio e ti amo.

Enea si ricorda il primo giorno di scuola, quando ha visto Simone per la prima volta. Indossava una maglia verde a righe orribile e dei jeans discutibili. Si atteggiava sicuro ma gli occhi lo tradivano. Si guardava intorno spaesato, quasi come se non avesse idea di dove si trovasse. Lo aveva visto salutare sua madre dalla macchina e appoggiarsi ad un muretto da solo. Lo aveva guardato per un po', senza che l'altro lo vedesse, e si era quasi convinto ad avvicinarsi a lui.

Si chiede cosa sarebbe successo se l'avesse fatto; se avesse esordito con qualche battuta delle sue, magari proprio su quella maglietta. Forse Simone avrebbe riso mostrandogli le sue fossette profonde e sarebbero diventati inseparabili da subito, o forse se la sarebbe presa e si sarebbero detestati.

Ci saremmo amati o odiati, Simò?

Come lo faccia, forse chiedi.

Enea ha sempre creduto che amore e odio fossero strettamente collegati, uniti da un filo invisibile che non si può spezzare. Quando ha realizzato di essere innamorato di Simone, infatti, non è stato per niente sorpreso dal fatto che inizialmente si fossero odiati.

Non riuscivano a stare nella stessa stanza senza litigare, impazienti di sovrastare il silenzio con le parole, le urla spesso non necessarie.

Il loro è stato lo scontro di due anime opposte: basti pensare al fatto che Simone detesti Filosofia e lui Matematica. Due materie così tanto diverse che si fondono, che fanno l'amore, che si respirano a vicenda. Così tanto diverse che Pitagora, matematico e filosofo, non aveva saputo scegliere e le aveva volute entrambe.

Non so, ma sento che accade e mi tormento.

Si tormenta, Enea. È proprio la parola esatta per esprimere il suo stato d'animo negli ultimi giorni. La sua relazione con Simone era un tormento continuo. Era stata un'amicizia tormentata ed era diventato un amore tormentato. Tormentato dalle parole non dette, dagli incubi passati e tormentato da lui.

Non si perdonava niente, Enea. Simone gli aveva sempre perdonato tutto, ma lui no. Lui si odiava, continuava ad odiarsi per aver fatto così male all'unica persona che non avrebbe dovuto ferire, perché era sicuro non lo avrebbe mai tradito.

Quanto ti ho fatto soffrire?

***

Da mi basia mille, deinde centum, dein mille altera, dein secunda centum, deinde usque altera mille, deinde centum.

Simone non è mai riuscito a ricordare nulla che riguardasse le poesie. Ricordava ogni singola formula di Matematica e Fisica studiata in tre anni di liceo ma nemmeno una poesia. Non un aforisma, una frase, nemmeno un passo del suo libro preferito.

Niente, tranne gli ultimi versi del quinto carme del *Liber* di Catullo. Si sentiva in sintonia con lui, anche se la sua Lesbia non l'aveva mai avuta. Di fatto, lui ed Enea non erano mai stati nulla, se non buoni amici per un paio di mesi. Gli sembrava quasi impossibile che la sua vita fosse stata stravolta in un periodo di tempo tanto breve.

Dammi mille baci, poi cento,
poi ancora mille, poi di nuovo cento, poi senza smettere altri mille, poi cento.

Se ne vergogna ma in classe aspetta con trepidazione le rare volte in cui Enea si addormenta. Capita soprattutto durante le ore di Lombardi e in quei momenti si permette di far crollare la maschera di indifferenza che ha meticolosamente costruito per non permettere all'altro di vederlo distrutto, e semplicemente lo osserva.

Passa ore ad ammirare le sue labbra, a chiedersi che gusto abbiano, se siano morbide come sembrano o se sia tutto merito del burro cacao che ostina a mettere ogni giorno, come se fosse un tic. Lo guarda in silenzio, quasi spaventato che si svegli da un momento all'altro e lo colga in flagrante.

La verità è che il più piccolo morirebbe pur di baciarlo, anche solo una volta. Pur di respirare sulle sue labbra, di sentire i sospiri di Enea e le sue mani aggrapparsi a lui. Morirebbe per essere amato, ma non da chiunque, *da lui*. Simone vuole Enea, vuole Enea e basta. Lo vuole sempre e lo vuole *per* sempre. Lo vuole con tutto se stesso.

Ma non significa che lo avrà. Non lo può avere, perché la verità è che Enea non vuole lui.

Atto terzo: l'amore

L'amore autentico è *sempre compassione; e ogni amore che non sia compassione* è *egoismo.*

L'amore, secondo Schopenhauer, è uno degli stimoli più potenti dell'umanità. Simone, invece, lo paragona allo scontro tra due auto. Secondo lui, l'istante di collisione tra le due macchine è l'*amore*.

Non che sappia davvero cosa sia questo sentimento che provoca dolore ed eccitazione, adrenalina e stanchezza, sorrisi e lacrime, gioia e disperazione. Che sia un controsenso? Un ossimoro? Forse si fa troppe domande, glielo diceva sempre anche Enea.

A furia di farti tutte queste paranoie ti perdi il bello della vita, lo sai?

La prima e ultima volta che ha litigato pesantemente con lui si è reso effettivamente conto della differenza tra *amicizia* ed *amore*, e ci è riuscito solo perché ha analizzato la situazione. Ha ripercorso mille volte la discussione nella sua testa, ha rivisto ogni singolo movimento suo e dell'altro, ha interpretato le espressioni facciali ed è giunto alla sua personale conclusione: era innamorato del suo migliore amico.

Stupido, inaspettato, folgorante cliché che ha letto e riletto nei giornaletti da quattro soldi e nei romanzi famosi. Un concetto vecchio, démodé, *secolare*. Una trappola nella quale era caduto anche lui, sempre così attento a sfuggire dalla *valle dei sentimenti*, come la chiamava da bambino.

Una discussione insignificante, la miccia che ha fatto scoppiare una bomba che era stata piazzata molto tempo prima, forse fin da quando avevano iniziato a frequentarsi.

Neppure si ricordava il motivo del litigio ma, scolpite nella sua memoria, le parole che gli aveva rivolto un Enea rancoroso, arrabbiato e forse anche spaventato.

Lo capisci che non me ne frega niente di te? Non mi importa niente né di te, né dei tuoi problemi. Dio, non mi piaci nemmeno.

In quel momento ebbe un déjà vu, riguardante un pomeriggio di tanti anni prima trascorso a casa di sua nonna insieme a suo padre. Ricordava di aver tirato per sbaglio il pallone da calcio verso la porta, di averlo visto colpire il vaso blu e verde che si trovava su un tavolino di legno. Lo aveva visto traballare, accasciarsi e cadere da un'altezza medio-bassa, per poi infrangersi al suolo e rompersi in piccoli pezzettini.

Si sentiva come quel vaso, che un momento prima si ergeva imponente sul tavolino e mostrava al mondo le sue decorazioni dipinte con cura e dedizione, e un attimo dopo, invece, sentiva il suolo freddo sotto di sé.

Ora non gli restava che raccogliere i cocci da terra e costruire un vaso nuovo.

Atto finale: la perdita

Simone ama. Ama incondizionatamente, senza lasciarsi scalfire da nulla. Quando sceglie la persona da amare non ci sono limiti, non ci sono confini, ama e basta.

E questo Enea lo sa bene. Sa quanto immensamente grande sia l'amore che Simone decide di donare alle persone, sa quanto fosse profondo il legame che li univa e che lui ha deciso di spezzare semplicemente per paura. Sa quanto sia radicata la mancanza che sente, lo spazio vuoto lasciato che non riuscirà a colmare, forse mai. Sa quanto sia crudele da parte sua lasciarlo nella convinzione di aver perso tempo, di aver amato troppo e di non aver ricevuto nulla, e sa anche di non avere il diritto di sentire la terra mancargli sotto i piedi quando lo vede insieme ad *un altro*.

Un altro che non ha mai visto, che non conosce, ma che lo fa sorridere come faceva lui. Simone si impunta e ama, perché crede che tutti si meritino di essere amati e non importa se lui, invece, viene lasciato da parte. Non importa se il destinatario del suo amore non capisce, o non vuole capire. A Simone importa solo di amarlo.

Questa volta, però, viene anche amato.

"Quando ho scelto di amare te, più di quanto io ami me stesso"
Come anima mai (R. Soldano)

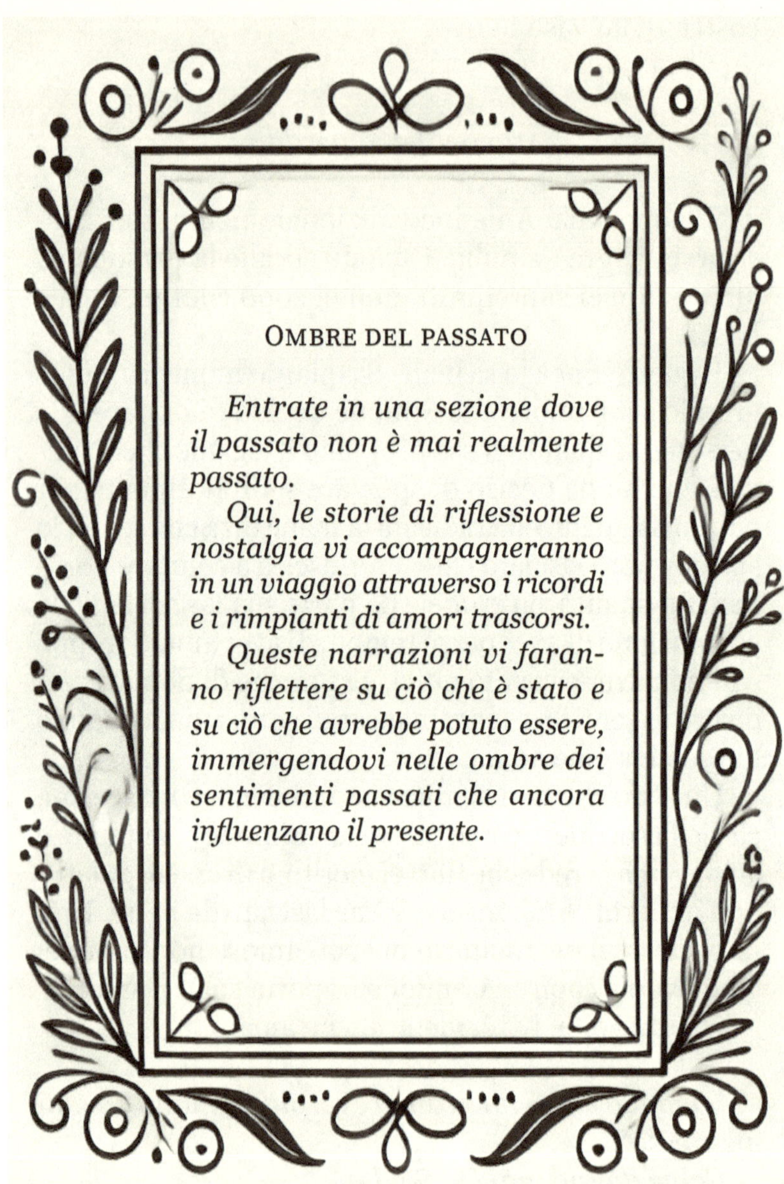

Ombre del passato

Entrate in una sezione dove il passato non è mai realmente passato.

Qui, le storie di riflessione e nostalgia vi accompagneranno in un viaggio attraverso i ricordi e i rimpianti di amori trascorsi.

Queste narrazioni vi faranno riflettere su ciò che è stato e su ciò che avrebbe potuto essere, immergendovi nelle ombre dei sentimenti passati che ancora influenzano il presente.

Clara Scivola nell'Oceano

di Maria Grazia Patania

Clara si sveglia di buonumore nella quiete della domenica mattina. Il sonno l'ha rimessa al mondo dopo una settimana incasinatissima al lavoro. Si sente quasi felice. Va in cucina e trova la suocera intenta a tagliare due grosse cipolle. L'odore dolciastro e lacrimevole la offende quasi più del non sentirsi padrona in casa propria. Aveva sperato nella sacralità del caffè assaporato in silenzio. Un tuono la scuote e lei stropiccia le labbra tentando un sorriso. La domenica inizia con una leggera pioggia. Il cielo carico di nubi si gonfia col vento che increspa il mare.

La suocera elenca i piani per la giornata: è su di giri per l'arrivo del figlio cui sta preparando un pranzo indimenticabile. Se solo avesse immaginato che lo avrebbero buttato via nella spazzatura. Clara si limita ad annuire in silenzio per non incoraggiare la conversazione. Non era questa la vita matrimoniale che si era immaginata.

Il caffè ha il buonsenso di uscire velocemente e sollevarla dal supplizio del soffritto. Afferrata la tazzina, si dirige verso il balcone per prendere una boccata d'aria.

Si sono sposati tre anni prima. Hanno preparato il matrimonio in fretta e furia, una cosa intima fra amici e parenti, la pancia tonda come un'anguria piena di morbida polpa. Maria Fatumata sarebbe nata pochi mesi dopo e le avrebbero assegnato due nomi per ricordarle che appartiene a due mondi.

Con la nonna, arrivata di recente, la piccola sedeva spesso in riva al mare e col dito indicavano che oltre il blu c'era l'Africa. E dentro l'Africa c'era il Paese da cui era scappato suo padre. E anche se l'avesse visto una volta l'anno, quel Paese avrebbe dovuto onorarlo e imprimerlo nel cuore. E se lo avesse dimenticato, la sfumatura della sua pelle le avrebbe ricordato che era stata concepita in una terra di mezzo, mescolando sangue su sangue, bianco su nero.

Un tuono più forte degli altri riporta Clara all'appartamento appena acquistato con un mutuo trentennale su cui lei e il marito hanno litigato a lungo. Un raggio di sole si riflette sulla fede mentre Marta dà il buongiorno alla nonna. Adesso la calma è finita davvero. La bambina odora di sonno e fiato caldo, quando abbraccia sua madre. Manca un po' all'arrivo di James e lei è in ritardo. Fra un'ora incontrerà Stella, un'amica del marito che non vede da anni.

Il cielo si sta annuvolando mentre le due donne si accomodano nella caffetteria. C'è musica jazz in sottofondo e il borbottio di qualche macchinario a riempire il vuoto della sala. Clara ripercorrerà quell'istante per anni, cogliendo sempre un dettaglio diverso. La luce, le canzoni, un bicchiere che cade nella cucina sul retro, il profumo di lamponi emanato dall'infuso, la mandorla speziata intorno a Stella. Su un particolare non ha dubbi: il tintinnio del cucchiaino dell'amica che, dopo tre giri esatti, si posa sul piatto.

Un attimo dopo la rivelazione: «Io e James siamo amanti. Scopiamo. Adesso è a casa mia, nel mio letto. A breve ti chiamerà per dirti che arriva prima del previsto». Stella fa una pausa.

Clara annaspa, spalanca gli occhi per poi richiuderli in una fessura. Si massaggia la tempia sinistra e, sollevato lo sguardo, riesce a chiedere soltanto: «da quanto?».

Fuori l'acqua piovana si condensa in grosse pozzanghere. Da bambina Clara si divertiva a saltarci dentro, immaginando un centro esatto su cui atterrare e assegnandosi premi immaginari. Quando ha smesso di assegnarsi tutti quei premi?

«Quasi tre anni. La prima volta poco dopo il vostro matrimonio».

Il liquido caldo attraversa la gola di entrambe, si fa strada nel gelo e arriva ad allargare le nuvole. Stella aspetta una reazione, ma Clara rimane immobile a fissare fuori dalla finestra. «Me ne vado» decreta infine. E sorride.

«Aspetta» sussurra l'altra.

«No, no, vado via. Me ne vado proprio...» ed è già fuori che attraversa la grossa pozzanghera fino alla macchina.

Stella la osserva, stropicciando il tovagliolo ridotto in palline tutte uguali. Quei pochi minuti creano una cesura nelle loro vite. Clara accenna un sorriso, poi mette in moto.

James e Stella. Il suo cervello fatica a processare l'informazione. Lei c'era al matrimonio, c'era quando è nata la bambina. Una sorella, così la definiva suo marito. Persa nel sottobosco di tradimenti e bugie, Clara guida fino a uscire dalla città. Ci sono solo campi intorno, l'erba fradicia di pioggia.

Ho tutto con me: le carte, il passaporto. Me ne vado. Se lo ripete come un mantra, intanto che un vento leggero entra dal finestrino. Si lascia il maltempo alle spalle. Accende la radio per occupare il silenzio, canta e le tornano in mente gli anni di prima, gli anni dei sogni e della spensieratezza, delle gite in macchina e dei gelati sui muretti. Piange di dolore e di gioia. Le lacrime si fanno strada ai lati della bocca e Clara le succhia con avidità.

Arrivata in aeroporto, sceglie un parcheggio dall'aria anonima. Lascia la macchina e preleva uno zaino azzurro. Benedice l'abitudine di lasciare un po' di estate nel cofano. Mare, Clara ha bisogno di mare. Di caldo, di sabbia e lontananza. Di addii. Ha bisogno di silenzio e di se stessa. Il volo per Istanbul partirà a breve: ha il tempo di acquistare il biglietto, imbarcarsi e decidere come proseguire. Sul cellulare si accumulano silenziose chiamate senza risposta. Sorride alla donna che le porge la carta d'imbarco e manda un messaggio vocale a sua madre per rassicurarla.

Sto bene, ho bisogno di andar via, ti do notizie appena posso.

Poi stacca il telefono. Non esiste più. Per nessuno. Per sua suocera. Per le colleghe di lavoro. Per i pazienti. Per James che era nel letto di un'altra mentre lei si chiedeva come fosse finita nella vita di adesso. Non esiste più nemmeno per sua figlia. Il rimorso le mozza il fiato mentre una hostess le restituisce il passaporto e lei percorre il serpente metallico che la porterà nel ventre dell'aereo. Si sente inghiottita, fagocitata da un'alternativa cui non aveva mai nemmeno pensato. Al risveglio, poco prima dell'atterraggio, fuori dal finestrino due arcobaleni riempiono il cielo sciogliendosi nel mare. Clara ha un vuoto nello stomaco al pensiero di ciò che si è lasciata dietro ma non prova nessuna colpa. Non sente rimorso. Riesce a respirare più a fondo e questo le basta.

Mentre aspetta ordinatamente in fila per ottenere il visto, riaccende il telefono e cerca una rete wi-fi cui collegarsi. Toglie i dati e aspetta la valanga di messaggi e notifiche delle ultime ore. Le viene da ridere pensando al putiferio che deve essersi scatenato. Chiama sua madre sperando la connessione regga. In poche frasi le spiega cos'è successo.

«Io ho bisogno di allontanarmi» confessa candidamente.

La madre ha poco da dire, è sotto shock sia per il tradimento che per la fuga. «E la bambina?» domanda soltanto.

«Non è solo mia». Fa una pausa. Pensa che finora invece è stata quasi esclusivamente sua: una corda che tira, un nodo che screpola la pelle.

Lo ricorda bene il giorno in cui ha scoperto di essere incinta. Lei e James si erano da poco trasferiti a Verona, stavano insieme da sei mesi, lei aveva troncato una relazione decennale per lui. Si erano conosciuti al lavoro: lei era la sua capa, lui agli esordi. Era arrivato in Italia qualche anno prima, padroneggiava la lingua ma non aveva né arte né parte. Ammaliava chiunque con la sua parlantina e l'aria da bravo ragazzo. Solo Lucrezia non si era fatta abbindolare e l'aveva messa in guardia. Chissà che fine aveva fatto Lucrezia. Si erano perse. Qualcosa si era incrinato proprio con la notizia della gravidanza di Clara. L'aveva ferita il suo cinismo. L'aveva ferita sentirsi dire che ci era cascata, che così James aveva raggiunto il suo obiettivo, che l'aveva incastrata. Lei non era tipa da incastri. Lo amava, lo ammirava, lo stimava. Insieme sarebbero stati felici. Ma certo non era il momento di avere figli. Glielo ripeteva sempre di usare il preservativo ma si amavano talmente tanto... Clara si sente un'idiota.

L'ufficiale in divisa blu le sorride dal gabbiotto puntandole la telecamera addosso. Le fa qualche domanda di rito mentre controlla il passaporto, lei paga la cifra dovuta e va avanti. Lui la saluta con la mano. "Karibu", glielo ripetono tutti mentre si dirige verso l'uscita. Ha solo il suo zaino con l'estate dentro e la borsa coi documenti. Si sente improvvisamente giovane nel riverbero del sole del primo mattino.

L'ultimo messaggio che legge prima di abbandonare la rete dell'aeroporto è di sua madre: la bambina starà con lei. James sembra impazzito ma deve pensare a sua madre. L'indomani sarebbero dovuti andare tutti con lei in Nigeria. Marta senza madre non va da nessuna parte. James starà via un mese. Non se l'aspettava questa bomba a ciel sereno. Stella ha lasciato la città, le ha scritto in risposta al suo "grazie". Clara ha paura. Ha paura come qualsiasi donna abbia osato sfidare un uomo. Si parleranno ancora, lo sa. Sono molte le domande che le sorgono. Vuole i dettagli. Vuole ricostruire il puzzle. Vuole sapere. Deve comprendere. Ma non adesso.

Stella calcola di avere circa un'ora a disposizione prima del cataclisma. Ordina una spremuta fresca e una fetta di torta alla carota. Ritorna indietro all'infanzia. Nel vuoto denso di quella sala da tè sa di aver fatto la scelta giusta ma allo stesso tempo è attanagliata da decine di dubbi. Mentre la cameriera porta via la tazza vuota di Clara, la logica ferrea del suo ragionamento vacilla. Non è la prima volta che capita. Deve recuperare il filo del discorso, ripartire da zero, ripercorrere il sentiero che l'ha portata fin lì, un passo dopo l'altro. Tracotanza. Eccolo il cuore pulsante. Disprezzo dei buoni sentimenti. Ma soprattutto tracotanza.

James non ha mai dubitato di poter fare tutto. Di avere tutto. Di tenerle in pugno entrambe. Clara perché troppo buona e devota all'idea stessa di famiglia. Clara che ride sempre, che non pronuncia mai parole cattive, che non conosce asprezze. Clara che crede nell'amore al punto da dimenticare se stessa. E poi lei, Stella. Una grande amica, la sorella bianca, il bene puro, innocente al di là di ogni sospetto. Stella che è il contrario di Clara: divertimento, sregolatezza, evasione. Clara perfetta per la casa e per la bambina. Stella ideale per sfuggire alla noiosa routine. Stella, tutto ciò che una moglie non dovrebbe mai avere, altrimenti chi dormirebbe la notte. Gliel'avrebbe perdonato l'amore, ma la tracotanza no. Non puoi avere tutto tu, James. La favola finisce qui.

Il sospetto che ci fosse qualcosa di strano in quella domenica mattina gli venne osservando la calma serafica di Stella. Ultimamente litigavano spesso. Aveva tagliato e ricucito varie volte nell'ultimo anno. Lei tagliava, lui tornava. Lei lo bloccava, lui si presentava alla porta di casa. James sapeva di essere un ripiego alla noia ormai ma si illudeva di essere ancora amato. Non poteva sopportare che Stella non morisse per lui, che non lo pregasse di lasciare Clara, che non gli proponesse un'alternativa insieme. Spariva per mesi in giro per il mondo, lui tornava a casa e non la trovava. Senza preavviso era in Germania, Spagna, Giappone. Lui tentava di controllarla. Piantava scenate di gelosia e lei gli rideva in faccia.

«Non sono Clara, io» glielo ripeteva con disprezzo e divertimento.

James si sentiva impazzire. Anche mentre scopavano voleva dominarla, umiliarla, possederla fino all'ultimo grammo di carne. Lei rideva, lo guardava e rideva.

«Non mi avrai mai. Mettitelo bene in testa» ripeteva baciandolo con le mani a coppa intorno al viso. «Accontentati della tua brava mogliettina. A me non mi incastri».

Lo sviliva la consapevolezza che Stella sapesse chi fosse davvero. Per tutti era un grande uomo, un bravo ragazzo, uno che si era riscattato da solo, un marito premuroso e un padre ammirevole. Per Stella era un ipocrita da quattro soldi che meno di un anno dopo il matrimonio tradiva sua moglie che ancora allattava. Uno che non avrebbe mai accettato che Clara facesse ciò che a lui era dovuto. Più che le liti, era questo sentimento di repulsione a ferirlo. Stella era il suo specchio deforme, Clara la sua glorificazione.

La struttura ha stanze ampie e indipendenti vista mare. Un balconcino troneggia davanti l'ingresso cui si accede da un vialetto di ciottoli laterale. Alla reception la accolgono con gentilezza, le offrono la colazione, poi le mostrano un paio di stanze per farle scegliere la sua. Nonostante sia alta stagione, ce ne sono ancora libere. Clara salda per una settimana, non c'è fretta. Non ha nessun biglietto di ritorno. La bambina si arrangerà con sua madre. Non l'avrebbero lasciata partire senza uno dei genitori e James non si sarebbe mai occupato di lei durante la permanenza in Nigeria. Sarebbe stato troppo impegnato a fare il gradasso davanti ai parenti. Certo, sarebbe stato un duro colpo non poter esibire la giovane moglie bianca che gli aveva dato una bimba uguale a lui. Mentre spalma la marmellata di mango sul *chapati* caldo, Clara si sente sollevata, libera. Non le manca nessuno. Nemmeno Maria Fatumata, la bambina dai due nomi, la figlia dei due mondi. Chiama sua madre. È in lacrime ma si sforza di capire. La conosce. Clara non è una dai gesti avventati.

«Sarei andata in pezzi, mamma. Non potevo rimanere» le spiega, con tono fermo, sbocconcellando l'ultimo pezzo di anguria. «Per favore, pensaci tu a Maria. Dille che sono fuori per lavoro e che non posso chiamarla».

Sua madre tenta di controbattere. Debolmente. Se lo ricorda anche lei il rifiuto del sangue, i giorni plumbei in cui Clara piangeva e lei si chiudeva la porta alle spalle per non sentirla. Era esausta, sola, esasperata. Le urla arrivavano fin sotto lo scroscio bollente della doccia, dove l'acqua si mescolava alle lacrime. Non se l'aspettava così la maternità. Non si aspettava quei giorni di vuoto, colmati dalle esigenze altrui. La donna non replica perché invidia Clara. Lei non ha mai trovato il coraggio di staccare la spina che innescava il cortocircuito e andar via per ritrovarsi.

«Ti mancherà tua figlia, è normale» le sussurra soltanto.

«Forse nei prossimi giorni, mamma. Per ora sono felice di essere da sola, lontana da casa».

Chiudono la telefonata e Clara segue la sconosciuta che la accompagna alla stanza prescelta. Chissà se ha figli, se ha un marito che la tradisce con la sua migliore amica, se ha mai considerato la possibilità di sparire e abbandonare ogni cosa. Chissà cosa penserebbe di lei, madre degenere che prova sollievo lontana da sua figlia. Si salutano e Clara posa lo zaino sull'ampio mobile in legno. Si spoglia e indossa il costume prima di dirigersi verso la spiaggia.

Clara scivola nell'oceano. Clara non torna indietro. Clara scompare.

Appunti randagi

di Maria Grazia Patania

La cosa che ho apprezzato di più ieri sera è stato il suo arrivo. Giusto il tempo di chiudere le porte dell'ascensore e fare un passo, forse due per colmare la distanza dalla soglia dove lo aspettavo e ci stavamo già baciando. Senza preamboli, che bellezza. Ormai non lo ricordo quasi più come funzionano le cene-preambolo, ma le ho sempre odiate. Le mie amiche ci tengono, io mi infastidisco. Preferisco andare al punto, conoscere l'altro, divertirmi e se vale davvero la pena mangiare insieme. La tavola mi sembra più intima del letto. A tavola ci si osserva, ci si nutre, si condivide uno spazio di riflessioni e pietanze. Il rumore delle posate può sovrastare quello dei pensieri, mentre la conversazione arranca e il disagio appesta. Di contro, quando fluiscono le parole, l'intimità germoglia cauta e inevitabile. Col randagio andavo sul sicuro: era dal luglio 2017 che speravo di vederlo nudo e fare l'amore. Non c'era bisogno di raccontarsi il desiderio, la mancanza, l'attesa, l'altalena di sì e di no, gli avvicinamenti e le dispersioni. Eravamo alla stessa tavola, costretti a guardarci negli occhi e a oscillare fra buone maniere e furia repressa.

La prima volta che lo incontrai avevo iniziato a sanguinare da qualche ora. Seduta sul pavimento, aspettavo di sapere dove sarebbe attraccata la nave quando mi colsero delle fitte al basso ventre che annunciavano l'appuntamento mensile con la mia femminilità. Una volta appresi ora e luogo dello sbarco, presi un antidolorifico, mi vestii e uscii. Lo sbarco sarebbe cominciato a breve. Non sono sicura che il randagio avesse registrato la mia presenza. Io invece lo notai eccome. Il suo profilo alto e dinoccolato si stagliava sull'orizzonte sfocato dalle temperature impossibili, la pettorina azzurra conferiva un tocco di colore al paesaggio desolato del porto. Era a suo agio per via dell'esperienza, conosceva tutti, mentre io sembravo uno di quei pesci saltati fuori dal secchio delle prede che annaspano in cerca di ossigeno. Lo scrutavo a distanza e mi parve una creatura difficile da decifrare. C'era un'apprensione malcelata sotto gesti d'abitudine che emergeva dal modo in cui setacciava l'orizzonte, da come spostava il baricentro del corpo oscillando da un piede all'altro mentre la nave si avvicinava a noi. Il suo braccio fu il primo a rispondere ai timidi ed entusiastici cenni di saluto dell'equipaggio dell'imbarcazione e i movimenti si fecero più marcati man mano che ricambiava la gioia dei naufraghi portati in salvo. Si passò una mano sulla bocca e restituì il sorriso nervoso della collega che gli stava accanto. La ragazza gli assestò una pacca gentile sulla schiena, lui le circondò le spalle per un istante, poggiandole un bacio leggero fra i capelli. Poi tutto si svolse rapidamente. Umani smarriti di diversa età e provenienza vennero fatti scendere dalla passerella che collegava il ventre della nave alla banchina dove si veniva schedati. Il randagio era agile e puntuale in ogni movimento, io venivo continuamente sopraffatta dall'emozione di fronte ai naufraghi dal passo incerto. Quando mi strinse la mano a operazioni concluse, percepii qualcosa di burbero nei suoi modi ed ebbi l'impressione che mi considerasse una fighetta alla stregua di Ludovica, la mia responsabile. Oltre il danno, la beffa.

Dopo poco, iniziò a lavorare per la mia stessa organizzazione. All'epoca aveva un ottimo lavoro, ben pagato, con un ente riconosciuto a livello internazionale, una posizione relativamente stabile e non riuscivo a spiegarmi come mai avesse deciso di fare un salto nel vuoto unendosi a noi. Neonati, disorganizzati, malpagati e perennemente a rischio sopravvivenza. Dopo la sua assunzione, casualmente chiesi sue notizie a Ludovica: il randagio era in Spagna con la fidanzata. C'era quindi un'altra donna nella sua vita. Pazienza. Per i pochi mesi successivi, feci da filtro e lo contattai solo quando strettamente necessario. In una di queste occasioni, parlammo e volli sottolineare che non c'entravo niente con i capricci di chi sta seduto in ufficio. Il randagio fu tenero e comprensivo. Il retrogusto burbero rimaneva ma forse mi stavo riabilitando ai suoi occhi. Subito dopo lasciò il lavoro, gli scrissi e lo persi di vista.

Lo incontrai nove mesi dopo a Palermo dove mi vide per la prima volta. In quell'occasione ero molto bella, avevo l'aria soddisfatta di chi fa l'amore più volte al giorno ed ero totalmente immersa nel mio recente innamoramento che sarebbe finito in men che non si dica. Avevo trascorso il weekend con la mia nuova fiamma e mi sentivo irradiare luce, avevamo passato la maggior parte del tempo nudi, scevri da qualsiasi pudore e ubriachi di felicità. Mi sentivo irradiare una sorta di chiarore diffuso, una specie di scia della gioia che sovrastava i cattivi presagi. La cosa stupenda del fare l'amore è che quando inizi non vuoi più smettere. Non ho praticamente mai avuto una costante vita sessuale perché non ho mai avuto relazioni durature e stare con un uomo la prima volta dopo tanto tempo apre una voragine di desiderio che non mi fa saziare facilmente. È come se – incrinandosi il guscio della mia solitudine – straripasse un miele denso e colloso che si spande intorno, plasmandosi al calore dei corpi. La mia esuberanza disorienta i partner che non si aspettano così tanta partecipazione e la guardano con sospetto. Non ho mai capito perché. Credo mi prendano per una poco di buono, mentre io faccio semplicemente tesoro di quei rari momenti in cui non devo amarmi da sola.

Il pomeriggio in cui sapevo che l'avrei rivisto mi preparai con meticolosità, rassegnata a rimanere invisibile. Mi sbagliavo. Percepii subito qualcosa di anomalo e mi sentii osservata. Dal suo sguardo affiorava un desiderio che saliva dalle caviglie e si arrampicava fino in mezzo alle gambe, mi avviluppava le cosce, mi percorreva la schiena, una vertebra alla volta. Sperai con tutte le cellule che accettasse l'invito a cenare con me e Ludovica sia perché mi avrebbe sollevata da quell'incombenza, sia perché avrei potuto scrutarlo ancora. Riempirmi gli occhi e i ricordi della sua presenza, respirarlo come si fa col pane caldo appena tagliato per cospargerlo di burro e zucchero.

Durante la cena, l'imbarazzo che provai per le posizioni insostenibili della mia responsabile fu una spina nel fianco. L'unico sollievo fu andare fuori a fumare col randagio. Ci spostammo in un angolo non troppo illuminato e realizzai quanto fosse alto. E quanto fosse bello. Mi disse molte cose che non ricordo ma mi piacque parlare con lui. Le sue parole mi toccavano in qualche punto impervio del cuore ma mentirei se dicessi che ero concentrata sulla conversazione. Aveva un modo speciale di articolare i pensieri, osservava un punto fisso mentre snocciolava aneddoti e poi all'improvviso mi guardava con quei suoi occhi indecifrabili da farabutto timido. Mi confessò che leggeva gli articoli che scrivevo per l'associazione, che avrei potuto trovare di meglio. Le mie parole gli avevano fatto compagnia durante alcune missioni complicate. Avevo iniziato a esistere ai suoi occhi. Annuivo imbarazzata e umida di lacrime. Perché non si può dire il desiderio così come viene? Perché l'odio si esprime senza pudore ma i buoni sentimenti vanno centellinati? Che senso ha nascondere la parte migliore di noi stesse? Perché ho taciuto il fatto che avrei voluto spogliarlo, dirgli andiamocene da qui, amiamoci tutta la notte, domani te ne torni dalla fidanzata, io pure ma tanto te lo dico da adesso che non dura con lui, non dura mai con nessuno se è per questo. È inutile, eppure io mi illudo. Ma non ha importanza, ora andiamocene, dammi la mano, scappiamocene da sta cena assurda, fatti spogliare, accarezzare, leccare. Godere. Baciamoci agli angoli delle vie come quelli di quattordici anni.

Non dissi niente ovviamente e durante la seconda sigaretta pensai che avrei voluto aderire interamente al suo corpo. Il desiderio assumeva contorni reali, pulsava di un respiro incontrollato, il suo fiato tiepido si frapponeva tra i nostri corpi infreddoliti. Mi tremava la pancia, sentivo le ginocchia rammollirsi e fantasticavo senza inibizioni mentre lui continuava a parlarmi. Le mie mani sulle sue, le braccia speculari le une alle altre, la mia pancia appiccicata all'ombelico. Avrei desiderato guardarlo e non dirgli niente, alzarmi dal letto, andare verso il tavolo, allungare le braccia fino a poggiarmi, distanziare le gambe come un invito e girare la testa il giusto per poterlo incoraggiare con lo sguardo ad avvinghiarsi al mio corpo. Mi tornava in mente l'edera che mia zia lasciava libera di crescere sulla rete che divideva la nostra campagna dalla terra dei vicini. I filari di viti nel Mittelrhein che scorgevo dal treno. Avrei voluto che conquistasse porzioni della mia carne per farne vendemmia, ma era un segreto troppo grosso e lui non lo avrebbe capito. Ero certa che non sarebbe stato come con Roberto, l'attuale fiamma, che doveva insultarmi per sottolineare il suo vigore e a me non dispiaceva finché era parte del gioco. Il problema era che non era solo parte del gioco ma l'avrei capito dopo. Il randagio, invece, ero sicura sapesse fare l'amore con tenerezza ed era questo mistero a confondermi.

Dopo cena fu anche peggio. Roberto mi scriveva di continuo e io lo liquidavo in fretta perché altro occupava i miei pensieri. Andammo in un centro sociale e approfittammo del protagonismo di Ludovica per prendere una birra e uscire da soli. Anche dentro di lui qualcosa si frantumava, accorciando la distanza e lasciando colare il sentimento unico delle prime volte in cui conosciamo un'anima affine. La speranza di essere compresi, capiti, accolti, inglobati dentro un abbraccio che ricompone e risana le fratture. La mia pancia continuava a tremare. Ludovica sarebbe partita verso le quattro del mattino e l'indirizzo dell'appartamento dove alloggiavamo mi rimase in gola insieme al proposito di darglielo. Non so perché non lo feci ma immagino alcuni motivi. Mi terrorizzava un no, avevo paura di essere presa per ridicola, non volevo ascoltare scuse che avrebbero sminuito quello che io desideravo fare insieme a lui. La gente non lo capisce che ho una malformazione al cuore. Non amo, non desidero solo con quello. Io amo e desidero con tutti gli organi e in un modo così intenso da non legarsi in alcun modo con la dimensione temporale o la progettualità. Un no mi sarebbe stato fatale.

Era questo il fardello di desideri insoddisfatti che mi portavo dietro la sera in cui quasi due anni dopo venne a cena e fui immensamente grata per l'assenza di preamboli. Ho un'adolescenza da bruttina alle spalle ma col randagio mi sentii bellissima e desiderabile. Ricordo che pensavo di essere ingrassata, avevo visto che sedendomi la pancia faceva una piega e anche i seni erano più pieni, ma l'ansia mi passò non appena iniziò a setacciarmi palmo a palmo. La cena e la conversazione furono stupendi intermezzi finché qualcosa si ruppe senza che io potessi vederne i cocci. L'armonia si sbriciolò irrimediabilmente senza che io potessi fare alcunché per ricomporla. Il suo corpo smise di reagire alla mia presenza. I suoi pensieri impilavano mattoni spessi e pesanti per erigere muri invisibili contro di me. Non ho mai capito se si rendesse conto di quanto lo desiderassi e di quanto mi piacesse tutto, ma proprio tutto perché con lui accanto, sotto, sopra, dietro ero avvolta in un piacere diffuso che avrei voluto trattenere a lungo. Tuttavia, gli uomini sono così: si distraggono facilmente e lasciano che i dettagli distruggano le cose senza motivo.

Così, mentre io continuavo a languire nel desiderio, il randagio scivolò altrove in una dimensione a me sconosciuta e irraggiungibile. Non pensai più all'amore, ebbi solo paura di non rivederlo e non riuscire a dirgli che gli voglio bene, che non sono una di quelle che boh non lo so manco io, che la sua libertà era la cosa più affascinante insieme al suo buon cuore, che non avremmo dovuto essere due solitudini che si scontrano e respingono. Perché ogni solitudine è diversa ma le nostre sono simili e nei simili non si devono vedere nemici perché allora niente ha senso. Ci immaginai entrambi dentro due bolle, le bolle dell'eterna solitudine, una di fronte all'altra. Solo che io avevo aperto la porta e ora mi trovavo nella terra di mezzo dove fa freddo e sei sola, mentre il randagio non si era mosso dalla sua bolla e ora mi dava le spalle allontanandosi. Tornai indietro anch'io, richiusi la porta e pensai che avrei continuato a volergli bene comunque ma mi dispiaceva non averlo potuto amare fino in fondo. Non lo rividi mai più.

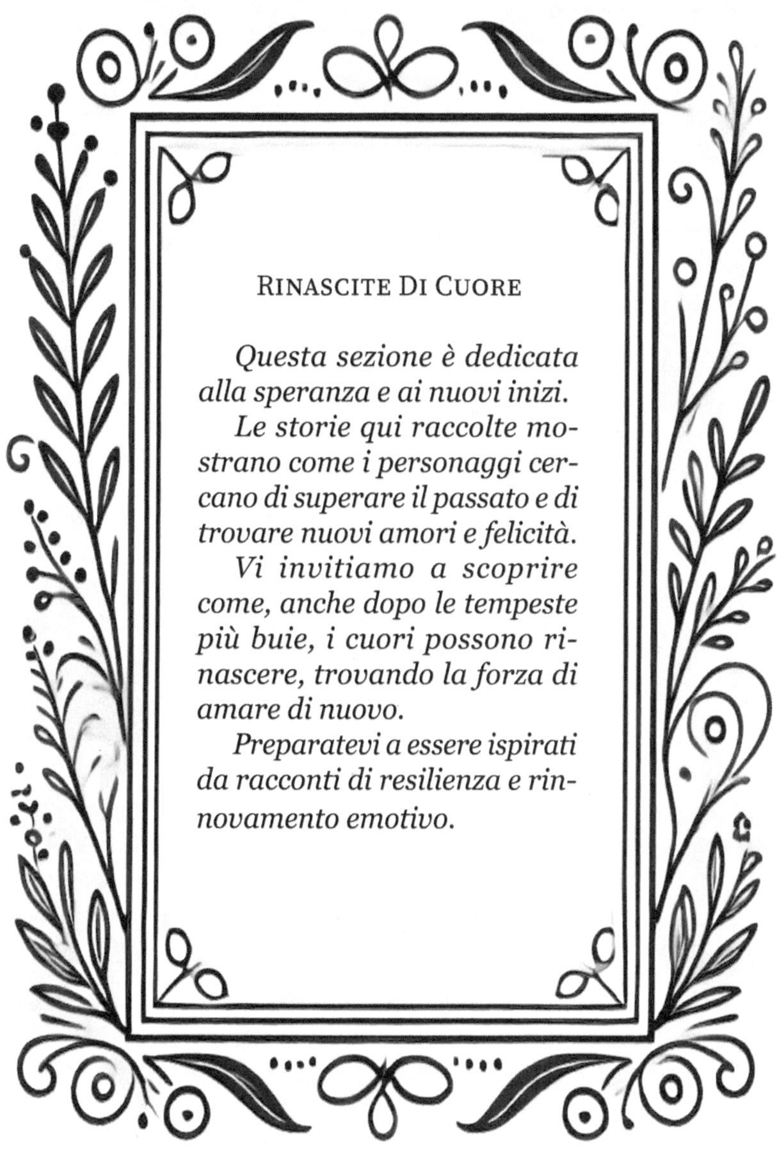

Rinascite Di Cuore

Questa sezione è dedicata alla speranza e ai nuovi inizi.

Le storie qui raccolte mostrano come i personaggi cercano di superare il passato e di trovare nuovi amori e felicità.

Vi invitiamo a scoprire come, anche dopo le tempeste più buie, i cuori possono rinascere, trovando la forza di amare di nuovo.

Preparatevi a essere ispirati da racconti di resilienza e rinnovamento emotivo.

Amina
Un tuffo tra le Stelle

di Carmela D'Ascoli

Amina non conosceva l'amore. L'amore poteva avere mille volti ma per Amina era solo una parola priva di significato. Seduta ai piedi di un improvvisato palcoscenico, osservava incuriosita gli attori che si alternavano sulla scena senza poter partecipare alla lettura di quel copione che si rinnovava ogni giorno dinanzi ai suoi occhi. Gli occhi grandi di Amina ferivano la luce, neri come il buio profondo, lame di acciaio sull'asfalto rovente, vuoti nell'infinito mare dell'indifferenza. Amina era solo un corpo, un ammasso di carne persa negli stracci. Seduta ai piedi di quella lunga scala che conduceva al cimitero, spendeva i suoi giorni senza viverli.

Quanti anni aveva Amina? Quindici, venti, forse cento. Sul suo volto gli anni si nascondevano, si rincorrevano giocando con il tempo.

Amina non conosceva l'amore. Ne aveva sentito parlare ma non l'aveva mai incontrato, nemmeno da piccola. Era cresciuta troppo in fretta strapazzata dagli anni e dalle rinunce. Sentiva il peso delle cose perdute, lasciate in sospeso ad appassire mentre il suo tempo si frantumava sull'impossibilità di modificare il corso del suo destino. Ora che tutto si era consumato non aveva nemmeno più voglia di piangere. A cosa serviva sprecare lacrime, pioggia inutile su montagne rocciose scavate dall'indifferenza.

Eppure, il mondo parlava d'amore, l'amore circolava per le strade indisturbato, si affacciava nelle chiese, strizzava l'occhio ai ragazzi sulle panchine, sorrideva alle donne dalle dolci rotondità e a quelle impegnate a rincorrere fanciulli in fuga, addolciva i momenti tristi di uomini tristi. L'amore viveva riflesso negli specchi mentre il mondo a testa in giù cercava un nuovo equilibrio. Anche i cani negli ultimi tempi avevano stretto nuove alleanze, soprattutto con i gatti, convivevano pacificamente in comode dimore, sempre in nome dell'amore. In fondo l'amore era comodo, semplice, bastava far finta di crederci e continuare a sbandierarlo come una conquista, ripeterlo come il ritornello di una canzone. L'amore aveva mille maschere che celavano volti diversi. C'era nell'aria un mondo d'amore, dolce come la melassa. In alcuni periodi dell'anno sembrava che tutto quell'amore potesse travolgere la terra con un'enorme valanga, una valanga di sorrisi e frasi ripetute, motivi sempre uguali da sembrare incredibilmente diversi.

In quei giorni il mondo si colorava come un variopinto caleidoscopio e gli uomini si perdevano in quei colori ubriacandosi di parole. Un buonismo esagerato allora pervadeva l'aria con un profumo intenso che confondeva il ritmo di un monotono quotidiano stampato sulle pagine dei giornali. Tutto si fermava, anche l'odio sembrava inchinarsi dinanzi all'amore. Ma quell'esasperazione dell'amore durava poco, il tempo di un gelato mangiato troppo in fretta, di una moneta gettata in aria. Il dominio dell'amore si dissolveva nei primi bagliori di una nuova alba e tutte le promesse dettate dall'ipocrisia del momento svanivano, dimenticate nei cassetti o fra le pieghe della biancheria distesa al sole. Tutto ricominciava come prima.

Ma Amina era indifferente all'alternarsi dei giorni. Amina viveva ai margini, viveva senza tempo, senza spazio. Dov'era il futuro di Amina, chi era il suo futuro? Amina avrebbe avuto mai un futuro? Di sicuro possedeva quel presente, grigio ed anonimo, reale e nello stesso tempo costantemente irreale, di sicuro non aveva un passato, un passato vero. Per possedere un passato bisognava aver vissuto un presente con la possibilità di avere un futuro. Per possedere un passato bisognava avere dei sogni da realizzare, ipotesi di vita da trasformare, mete da raggiungere. Ma Amina non aveva tutto questo e probabilmente non l'avrebbe mai avuto. La sua unica eredità consisteva nel nulla, lei non aveva nulla, solo quella sfortunata coincidenza di essere nata nel posto sbagliato e probabilmente nel momento sbagliato. Avrebbe avuto un'altra vita? Amina se lo chiedeva spesso mentre, seduta ai piedi di quella lunga scala, custodiva il sonno dei morti. Non aveva paura di loro, provava una grande tristezza e un grande vuoto ogniqualvolta ne arrivava uno. Il copione che si recitava era quasi sempre lo stesso. Cambiavano gli attori. Le comparse sullo sfondo rendevano la scenografia più movimentata e davano un tocco di leggerezza alla drammaticità del momento. Amina si chiedeva allora come potesse l'amore sopravvivere al dolore ma, soprattutto, che sapore avesse. Di sicuro non era dolce come il miele, forse era amaro come una medicina. Eppure li invidiava, invidiava tutti quei corpi che si muovevano attorno a lei come in un girotondo, invidiava la loro capacità di soffrire per amore. Si mimetizzava nei suoi stracci, il viso piegato sulle ginocchia, un senso di pudore la obbligava a nascondersi per non invadere con la sua inutile presenza la sacralità di quei momenti. Lei così piccola e sola si sentiva enorme come una montagna. Nel silenzio interrotto dai singhiozzi, avvertiva la solitudine del mondo e l'inutilità della vita.

Qual era il senso della vita? La sua di sicuro non ne aveva, non lo cercava e nemmeno le importava conoscerlo. A lei importava solo arrivare alla fine della giornata, alzarsi finalmente da quel posto e risentire il sangue scorrerle nelle gambe intorpidite dall'inerzia. Il resto non aveva nessun senso, lei stessa non aveva un senso. Amina si chiedeva spesso a chi potesse importare di lei, chi avrebbe sentito la sua mancanza se fosse morta. Si sentiva un niente, eppure era viva. La vita le pulsava nelle tempie, nelle vene, nei polsi, in ogni angolo del suo corpo. Il suo cuore spento anelava il sentimento. Amina avrebbe voluto amare, essere amata. Sentiva che la vita era in debito con lei, le doveva qualcosa. Le doveva le carezze e i baci mai avuti, le doveva un passato, e soprattutto un futuro.

Lei era lì seduta dentro il suo mucchietto di stracci con quei suoi grandi occhi neri, profondi come una notte infinita, con quella voglia di piangere che le saliva in gola. Lei era lì e si sentiva invisibile, anche in mezzo a tutta quella gente che le passava accanto ogni giorno. Tendeva la mano timidamente, quasi scusandosi di quel gesto, scusandosi di essere viva. Si sentiva un'intrusa che usurpava un pezzo di spazio che non le apparteneva, un angolo di terra non suo raggiunto per caso o per bisogno in un giorno lontano, dimenticato nel tempo.

Ogni tanto sentiva il peso delle monete appesantirle il palmo della mano, allora volgeva lo sguardo al passeggero frettoloso in cerca di un sorriso, del suono di una voce che poteva scaldarle il cuore e ridarle il senso della vita. Qualche volta le sembrava di ravvisare in quei visi sconosciuti una smorfia di disgusto mista a compassione, nel dubbio abbassava lo sguardo per non morire di vergogna. Poi sentiva i passi allontanarsi e il silenzio tornava a farle compagnia.

Il sole aveva l'abitudine di sorgere al mattino, ma i giorni per lei erano tutti uguali, variavano solo con l'alternarsi delle stagioni. Le sentiva sulla sua pelle troppo poco coperta o troppo a seconda dei casi. Il suo guardaroba era tutto lì, in quegli stracci che si trascinava, incollati al corpo come una seconda pelle.

Non aveva pretese e nemmeno desideri. Doveva solo sopravvivere e per farlo doveva mangiare. Nutrirsi era un istinto naturale, il bisogno di sfamarsi le saliva prepotente dalle viscere e si insinuava ovunque come un serpente. Per calmare la fame aveva bisogno di denaro. Allungare la mano era diventata una necessità, un'abitudine dettata dal bisogno. Il resto lo lasciava agli altri. E poi in fondo chi era lei per gli altri? Il nulla. Un'ombra tra le ombre destinata a scomparire, a dissolversi nel mare dell'oblio. Per il mondo lei non aveva sogni, desideri, aspirazioni. Non aveva pensieri, forse nemmeno una vita. Semplicemente non esisteva. Sentiva crescerle dentro il disagio per la sua stessa esistenza. Non aveva nessuno scopo per vivere, nessuna ragione che potesse farle desiderare di essere viva.

Perché fra le tante esistenze a lei era toccata in sorta viverne una così amara? Che senso aveva la sua misera presenza in quell'immenso universo? Quando alzava gli occhi al cielo si sentiva terribilmente piccola ma nello stesso tempo avvertiva una strana sensazione e percepiva il fascino dell'immenso.

Chissà, si chiedeva Amina, se Dio ogni tanto di lassù riusciva a scorgerla confusa nei suoi stracci. Forse Dio non aveva bisogno di guardarla per sapere che esisteva, forse poteva leggere nei suoi pensieri e scrutare nel suo cuore. Lui di sicuro sapeva tutto di lei, del suo passato, del suo presente e anche del suo futuro. Ma allora perché non cambiava il corso dei suoi giorni, perché la lasciava in balia degli eventi, della paura, della solitudine. Lui che poteva tutto, avrebbe potuto in un attimo darle un'altra vita. Un'altra vita? Semplicemente una vita. Amina sentiva la sua potenza nei colori, nella pioggia che le bagnava il corpo, nell'alternarsi del giorno e della notte. Non aveva bisogno di certezze per credere, tutto le parlava di Dio. Qualche volta anche lei si sentiva padrona del mondo, le bastava avvertire il profumo di un fiore, seguire con lo sguardo il volo di una farfalla, il sole all'orizzonte per sentirsi incredibilmente ricca. Allora i pensieri tristi si dileguavano nel vento che le accarezzava i capelli. In quei momenti sentiva di appartenere alla terra, di essere lei stessa terra. In quei momenti si sentiva madre, sorella, amica. Tutto in lei era in armonia con l'universo. L'universo era in armonia con lei. Ma poi i pensieri tristi ritornavano cullati dal vento e l'universo si allontanava. E come sempre la paura del domani artigliava il suo stomaco e la condannava al suo misero destino. Amina non conosceva l'amore, non l'aveva mai conosciuto, ma lo sentiva dentro come un bisogno impellente, necessario, come un figlio a cui non voleva rinunciare. Amina voleva conoscere l'amore e voleva amare.

Comparve un giorno all'improvviso, un sabato per la precisione, forse verso la fine di settembre, in uno di quei giorni dimenticato negli anni. Le si avvicinò con aria minacciosa, lei non si mosse, impietrita dalla paura e da un senso di smarrimento che le paralizzava le membra. L'istinto le suggeriva di fuggire, ma fuggire dove? Rimase invece immobile, ferma ad aspettarlo.

Sentì il suo alito sfiorarle i capelli, la lingua assaggiarla, bagnarle il viso. Era sola. Sola in balia della paura e del destino. Alzò i suoi occhi neri, profondi come la notte e incontrò altri occhi neri, profondi come la notte. Si riconobbero subito come per un'antica alchimia, come se fossero emersi dallo stesso inferno, sputati fuori dallo stesso tunnel che li aveva risucchiati. Gli occhi del randagio neri come la notte non erano cattivi. Amina capì che poteva fidarsi e per la prima volta sentì di non essere più sola.

Forse era quello l'amore?

Una Giornata Senza Pretese

di Marcello Masneri

Un signore molto alto dai bei lineamenti ma vestito da povero usciva sempre di casa la mattina di buonora. L'eleganza della sua camminata lo faceva apparire meno randagio di quel che era.

«Con quel sudicio cappello sfiora i due metri» diceva qualcuno che notava spuntare la sua testa quando camminava spedito in mezzo al brulicare della folla.

Procedeva in linea retta lasciando agli altri il compito di scansarsi dalla sua traiettoria.

Chi cercava il suo sguardo aveva partita persa: l'uomo pareva fissare un punto lontano a due metri d'altezza.

Per le sue caratteristiche fisiche poteva godere in ogni momento della vista del mare, nascosto tra le sagome dei grattacieli.

Nel suo fatiscente monolocale restava ad aspettarlo una moglie docile, fedele e riservata. Immobile, affacciata all'unica finestra di quel buco di casa, sembrava anch'essa fissare un punto qualsiasi dell'orizzonte con sguardo sognante. A colazione e a pranzo se la cavava con gli avanzi del giorno prima. I vicini pensavano che fosse una donna sfortunata a causa di quel marito perdigiorno che la lasciava sempre sola.

«Non la porta mai con sé, sta sempre alla finestra ad aspettare che torni, poverina. Chissà poi dove va quello spilungone tutto il giorno» dicevano i più ficcanaso che in realtà apparivano a loro volta dei veri sfaccendati, avendo la possibilità di osservare così nei dettagli ogni mossa dei due coniugi.

Lei si sentiva osservata e in fondo non le dispiaceva. Anche per questo curava molto il suo aspetto, truccandosi con cura e pettinando i suoi capelli biondi e lunghi in modo ogni volta originale.

Anche nei giorni più freddi di quel gelido inverno i vicini la vedevano spalancare la finestra e sbucare all'improvviso con la sua faccia sorridente.

«È così curata, chissà perché non esce mai...» mormoravano tra il dispiaciuto e il curioso.

Pareva vergognarsi all'idea di mettere il naso fuori di casa. Per timidezza? O solo perché si erano trasferiti da poco in città? I ficcanaso non si davano pace. Dovevano avere sotto controllo tutte le faccende del quartiere e la vita dei due nuovi arrivati era un mistero che lasciava in sospeso i loro discorsi.

Si era sparsa la voce che i due rifiutassero ogni forma di sovvenzione economica e un alloggio più dignitoso, come fanno i veri clochard.

Lei aveva un bel viso dai lineamenti marcati, la pelle liscia e gli zigomi alti.

Era quasi impossibile riuscire a parlarci.

«Grazie, siete gentili» diceva alle donne del vicinato che ogni tanto, dubitando che avesse anche solo un pezzo di pane da mettere in bocca, le allungavano un piatto di minestra calda facendo capolino sotto la sua finestra.

«Daniela, ti abbiamo portato qualcosa da mangiare, se ti fa piacere» le dicevano da lontano.

Se lei sorrideva, si avvicinavano in punta di piedi cercando di sbirciare all'interno del monolocale. Lei allungava il collo come un uccellino, ringraziava, ritirava il piatto e si eclissava.

Ogni mattina i figli piccoli delle coppie del quartiere uscivano tutti insieme di casa con le loro cartelle colorate, diretti a scuola. Speravano di incontrare quel signore che definivano *vestito un po' sporco*. Quando incrociavano il suo cammino si parlavano nell'orecchio a voce bassa e ridacchiavano.

«Ma quanto è alto!» commentavano stupiti ogni volta.

Si mettevano in fila indiana e lo seguivano per tutto il marciapiedi scimmiottando la sua camminata a passi lunghi. Lui fingeva di non accorgersene e lasciava fare; poi si arrestava all'improvviso e si girava di colpo fissandoli con un sorriso di plastica e lanciando in aria il suo cappello di stoffa logora.

«Chi lo prende al volo vince un cioccolatino!» diceva.

I bambini, urlanti per l'eccitazione, si spintonavano per arrivare per primi sul cappello in caduta libera. Il vincitore glielo restituiva e otteneva il premio promesso. Notando la delusione sulle facce paffute degli altri bambini il signore molto alto attingeva dalla tasca del suo cappotto spelacchiato recuperando manciate di cioccolatini per tutti. I genitori conoscevano quel rituale ma non avevano mai voluto intervenire per la gioia che quel gioco dava ai loro figli.

Poi le loro strade si dividevano. I bimbi si muovevano in direzione della scuola, lui si immetteva nel grande viale che portava verso il centro città. Nell'altra tasca del cappotto teneva diversi biglietti dell'autobus. Arrivava a piedi fino al capolinea del 5A che attendeva a motore spento. Saliva a bordo e si sedeva.

«Buongiorno Attilio, ce l'hai il biglietto?» diceva l'autista.

Lui lo raggiungeva al posto di guida.

«Certamente, caro, come ogni giorno» rispondeva porgendogli quattro cioccolatini. «Questi sono per i tuoi figli».

«Ottimo, grazie, possiamo partire».

Alle successive fermate salivano alla spicciolata i suoi amici, tutti diretti alla mensa dei poveri. A ognuno di loro dava un biglietto da timbrare, sotto lo sguardo attento e benevolo dell'autista. Alla fermata della mensa scendeva anche lui. Gli altri entravano a consumare il loro pasto. Lui aspettava il loro ritorno seduto su una panchina, leggendo un libro e fumandosi qualche sigaretta.

Una volta finito di pranzare i suoi amici lo raggiungevano. Ognuno di loro avanzava parte del pranzo per lui, ricevendo in cambio il biglietto dell'autobus per il ritorno a casa.

«Salutaci Daniela» dicevano sempre. «Un giorno ce la farai conoscere». E si congedavano dandosi appuntamento per il giorno dopo.

Un pomeriggio Attilio camminava verso casa. Soppesava il pacchettino lasciato dagli amici. Il bottino pareva particolarmente ricco. Imboccato il viale pedonale, vide Daniela affacciata alla finestra. Da lontano lei scorse la sagoma inconfondibile di suo marito. Si sbracciò e lui ricambiò il saluto. Avvicinandosi vide che la moglie lo fissava con la sua solita aria sognante. I suoi capelli erano raccolti a chignon e gli orecchini di bigiotteria brillavano come autentiche perle anche sotto un cielo di nuvole nere.

«Questi sono gli affettati da parte di Carlo» disse lui una volta varcata la porta di casa, appoggiando tutta la roba sul tavolo. «Ecco il pane, gentilmente offerto da Luigi. E questi sono i cannelloni avanzati con fatica dal Bepo!»

«E bravo Bepo!» disse lei molto contenta perché i cannelloni erano i suoi preferiti. Di magro, voleva stare attenta al peso.

«Questo è lo spezzatino per me, da parte di Luca, e questa è la bottiglia di vino per noi».

«Non ti danno due bottiglie di vino, di solito?».

«Sai, avevo finito i cioccolatini, non potevo pretendere di più, il baratto ha il suo bon ton. E poi il vino non ti fa bene, lo dici anche tu».

«Ah, certo, scusa, fa bene solo a te? Sei un bugiardo! L'altra bottiglia te la sei bevuta con l'autista del 5C, lo sento dal tuo alito» protestò lei.

"E va bene, lo ammetto. Al capolinea non saliva nessuno così Gianni ha spento il motore, ha tirato fuori i suoi grissini e ci siamo fatti un aperitivo».

«Avete fatto bene, amore mio».

Daniela era ancora alla finestra.

«Vieni a darmi un bacio» disse lui.

Lei scese dallo sgabello sul quale saliva ogni giorno per poter raggiungere la finestra e non far vedere a nessuno di essere affetta da nanismo. Si diresse a passetti brevi verso il tavolo apparecchiato e si mise di fronte all'uomo della sua vita.

«Scendi tu a darmi un bacio» disse guardando in su con occhi da cerbiatta.

«Oggi ho mal di schiena, sali tu da me» rispose lui.

Allora lei si mise in piedi sul tavolo. Avvicinarono i loro visi e unirono le loro labbra. Gli buttò le braccia al collo e lui strinse le sue caviglie. Lei segnò il suo territorio lasciando le tracce del rossetto sulle sue guance. Risero, bevvero del vino e si ribaciarono. Poi lei scese dal tavolo e presero posto a sedere uno di fronte all'altra.

«Che la cena abbia inizio!».

A parte i vestiti condividevano tutto.

Finirono la loro cena con cioccolatini e caffè.

Prima di mettersi a letto lui riempì le tasche del suo cappotto per il giorno dopo. Da una parte i cioccolatini, dall'altra i biglietti dell'autobus.

Ricevettero la telefonata del loro unico figlio che da tempo viveva in un'altra città. Ricopriva la carica di direttore dell'azienda dei trasporti pubblici. Sua moglie era proprietaria di una pasticceria.

«Come state? Anche stasera avete preso cibo d'asporto?» chiese ai suoi genitori.

«Come ogni sera, ci trattiamo bene».

«Ditemi se vi serve qualcosa».

«Abbiamo tutto quello che ci serve, ma stiamo finendo i cioccolatini...» disse Attilio.

«Ma a che vi servono tutti quei cioccolatini, si può sapere?».

«Sono la nostra passione, lo sai. Ci siamo sempre abbuffati».

Si congedarono dal figlio e si prepararono per la notte. Lui era solito dormire in posizione fetale, per poter stare nei confini del letto. Lei, che era freddolosa, si accucciava tra le sue cosce e la sua pancia.

L'inverno era tra i più gelidi degli ultimi anni ma loro non se ne accorgevano. L'indomani sarebbe ricominciato tutto come quel giorno e per tutti i giorni a venire.

Dopo il Congresso

di Maria Grazia dell'Unto

Era uscito dalla doccia e lentamente cominciava a vestirsi. Aveva indossato i pantaloni ed era a petto nudo, gli occhi si posarono su di lei che stava dormendo ancora, rannicchiata sotto le lenzuola, come se avesse freddo. Faceva tenerezza. Era diafana nella sua bellezza delicata e quasi scarna. No, non era provocante come tutte le altre che si era portato a letto fino al giorno prima. Quella ragazzina ce l'aveva dentro al cuore, se mai ne aveva avuto uno. Si mosse appena, lui si incantò a guardare il suo respiro regolare, era bella, troppo bella. Gli faceva paura quello che provava, aveva creduto che una volta raggiunto l'obiettivo di farla sua per una notte, poi avrebbe provato quel fastidio delle altre volte e il desiderio di mandarla via, invece si incantava ancora a guardare la sua ingenuità.

Cosa avrebbe fatto? Cos'era quello che provava? Doveva andare via da lei, dimenticare quella notte, i baci troppo dolci, le carezze troppo tenere, le sue mani tra i suoi capelli troppo morbidi e profumati, la voglia di amarla con delicatezza, quasi senza l'impulso della passione. Doveva andare via, lontano. Non poteva starle accanto.

Lei dormiva ancora, finì di vestirsi e uscì per una passeggiata, schiarirsi le idee sotto l'aria fresca di prima mattina gli avrebbe fatto bene. Camminò per la città deserta, inspirava ed espirava come se avesse avuto bisogno di ossigeno, come se lei fosse la sua aria ma per paura avesse cercato di mandarla via.

Appena rientrò ci pensò lei a mettere le distanze.

«Buongiorno» le sussurrò con una carezza infinitesimale su una guancia.

«Buongiorno» rispose con la voce quasi spezzata dal pianto.

«Che succede?» le chiese vedendola confusa.

«Non è nulla» continuò, lontano anni luce da questa stanza e da loro due. «È che...».

«Cosa?» la interruppe lui.

«Non dovevo cedere! Io ho un ragazzo». Tentava di giustificare, forse solo a se stessa, quello che aveva fatto.

«Non credo che tu lo ami, Cristiana!» Cercò di abbracciarla ma lei si ritrasse. «Non sarebbe successo se tu fossi davvero innamorata di lui! Vuoi parlare di come ti senti?»

«Cosa dobbiamo dirci, Davide?» Apparve spietata, cinica più di quanto non lo fosse mai stato lui.

«Parliamo di noi due» propose. «Di quello che è successo questa notte, di quello che mi sta succedendo. Non mi riconosco, Cristiana. Tu mi hai spiazzato, per la prima volta nella mia vita sento qualcosa che si muove qui» e indicò il cuore.

Lei non parlava, era immobile sotto il lenzuolo che copriva appena la sua nudità. Era bella, troppo bella.

«Per la prima volta ragiono con il cuore invece che con i genitali». Alzò un po' il tono della voce: «Lo capisci, Cristiana?»

«L'unica cosa che capisco, Davide, è che io ho un fidanzato e l'ho tradito!» Realizzando quello che aveva fatto, scoppiò a piangere.

«Cristiana, Cristiana!» La strinse a sé e lei lo lasciò fare. «Non ci credi nemmeno tu! Quello scrittore di successo che è sempre in giro per il mondo, da quando non lo vedi?»

Lei tirò su col naso e lui prese le sue mani.

«Davide, come vorrei lasciarmi andare!» Sospirò. «Ma come faccio?»

«Come fai, Cristiana? Ti abbandoni e poi si vedrà» suggerì lui.

«Questa non sono io, Davide!» riprese secca. «Non sono capace di vivere un'avventura. Tu non mi dai sicurezze. Chi sei? Che cosa vuoi da me?»

«Io non mi aspetto niente, vivo alla giornata!» Fu sincero.

«Smettila, Davide! Lo sai che io mi aspetto tutto da una storia!»

«Cristiana, io non so essere dolce e tenero, non so darti delle certezze. Ma so che provo per te qualcosa che non ho mai provato prima».

Cristiana, allora, si alzò all'improvviso e, prendendo il lenzuolo per coprirsi, come se si vergognasse della sua nudità, si diresse verso il bagno. Davide restò a guardarla scuotendo il capo. Possibile che non capisse che non sarebbe stato sincero se le avesse detto che potevano comportarsi come quelle coppiette che la domenica vanno in montagna o al mare e camminano mano nella mano? Il suo non era solo un desiderio fisico, le aveva dimostrato, quella notte, che sapeva essere sensibile, attento, dolce e rassicurante. Cosa doveva fare ancora?

Quando furono pronti, scesero nella sala da pranzo, consumarono la colazione in silenzio e poi si avviarono verso la sala riservata al congresso.

La mattinata passò tra un intervento e l'altro, qualcuno interessante, altri noiosi fino alla nausea. Subito dopo pranzo avrebbero dovuto ripartire, ma Davide le si avvicinò calmo e dolce.

«Cristiana, ascolta, che dici se, invece di pranzare qui, in questo posto anonimo e in mezzo a questa gente che mi dà sui nervi, non ce ne andiamo in qualche paesino qui attorno e poi nel pomeriggio visitiamo il borgo?»

«Scommetto che già sai dove». Scosse la testa. «Magari hai già prenotato».

«E dai, Cristiana!» la pregò. «Non dirmi di no!»

Lei sospirò. Andarono nelle loro stanze e prepararono i bagagli. Mezz'ora dopo erano in macchina. Regnava un silenzio quasi surreale. Arrivarono in un borgo bellissimo anche sotto la pioggia che scendeva sottile, un incanto di pietra e archi, popolato da una quantità enorme di gatti che sembravano essere i veri abitanti del posto. All'ingresso c'era un cartello con la scritta Montemerano.

«Siamo nella zona interna della Maremma, tra Manciano e le terme di Saturnia» disse Davide con la sua aria saccente.

Cristiana annuì e Davide parcheggiò nel cortile di un albergo al cui ingresso era scritto IL GIARDINO DEL BORGO. L'esterno era tutto in pietra. Lui spense il motore, aprì il bagagliaio e ne tirò fuori un piccolo ombrello, andò dal lato del passeggero, tese la mano a Cristiana e la invitò a scendere porgendole l'ombrello. Appena entrati, un'atmosfera familiare e calda li accolse: un ampio salone con un grosso camino, poltrone e divani in pelle bianca, un tavolo in legno rudimentale e sedie impagliate con gli schienali dipinti di verde. A terra un grosso tappeto di moquette marrone. Andarono in una stanza matrimoniale, il pavimento in parquet, le pareti dipinte di bianco, un grosso arazzo appeso dietro la spalliera in ferro battuto. La ragazza continuava a scuotere la testa.

«Cosa c'è che non ti piace?» le chiese lui sorridendo.

«Come al solito, hai deciso tu per entrambi» rispose lei.

«Se non ti sta bene, posso sempre chiedere un'altra stanza per te!» aggiunse lui piccato.

«Lascia stare, non è questo il punto» disse lei.

«E quale, allora? Lo scrittore giovane, bello e dannato?»

«Già» convenne Cristiana. «Cosa faccio?»

«Lascialo!» concluse Davide laconico.

Lei sospirò. «Tu fai tutto così semplice. Io... io...»

«Tu cosa, Cristiana?» Le si avvicinò sfiorandole i capelli. «Lo vedi che anche tu non hai più certezze?»

Cristiana alzò le spalle e poi si abbandonò nell'abbraccio caldo di Davide, si sentiva a casa tra le sue braccia, si sentiva apprezzata e, in quel preciso istante, sentì tante farfalle nello stomaco e le sfuggì una lacrima.

«Se vuoi, Cristiana, prendiamo davvero un'altra stanza» le disse. «Non voglio costringerti a stare con me se non lo vuoi! Possiamo anche tornare a Napoli, se lo desideri».

«No» sorrise Cristiana. «Mi voglio abbandonare! E, come dici tu, poi si vedrà».

«Senti, che ne dici se telefono in reparto e ci prediamo lunedì di ferie?»

Lei sorrise scuotendo la testa per l'ennesima volta. «Sei pessimo, Davide!» Gli diede un colpetto sul braccio e lui l'attirò a sé e la strinse, le accarezzò i capelli, poi le lasciò un bacio delicato sulle labbra e prese il telefono.

«Siamo liberi!» Rise a telefonata conclusa. «Adesso ce ne andiamo in giro per il borgo!»

Pranzarono in una locanda e camminarono sereni

lungo la trama di vicoli e piazze capace di regalare innumerevoli scorci pittoreschi. Non pioveva più. Entrarono nella chiesa di San Giorgio e furono colpiti dalla cosiddetta Madonna della Gattaiola, chiamata così perché sembrava che, un tempo, questa tavola fosse l'anta di una porta e che l'apertura fosse stata praticata da un parroco che voleva far entrare i gatti per sbarazzarsi dei topi. Quando un prete raccontò loro questa storia, Cristiana rise di gusto sotto gli occhi divertiti di Davide che la vedeva, dopo due giorni, finalmente rilassata e fiduciosa.

«Cristiana, Cristiana mia!» La strinse forte appena fuori. «Quanto sei più bella quando ti lasci vivere!»

La sera tornarono in albergo, il cielo di un blu intenso era disseminato di miriadi di puntini gialli, l'aria ancora frizzante fu complice e lei si strinse a Davide, facendo trapelare un brivido.

«Hai freddo?» chiese lui.

«Un po'» rispose la ragazza.

Lui si tolse il cappotto e glielo mise sulle spalle.

Quando tutti i suoi sogni sembravano crollare, Cristiana dovette ricredersi, Davide con quel gesto tenero e amorevole fece scongelare tutte le sue convinzioni e lei non poté fare altro che abbandonarsi e non pensare più.

«Così avrai freddo tu» si preoccupò ma lui alzò le spalle lasciandole una carezza delicata sulla guancia. Cristiana sentì che gli occhi le si stavano velando, cercò di ricacciare indietro le lacrime ma il tentativo fu vano.

Davide se ne accorse. «Ehi» sussurrò. «Niente lamenti! Ti voglio produttiva per questa notte!»

Lei rise, allora, e continuò a stringersi a lui.

Cenarono nel ristorante dell'albergo, un pasto a base di prodotti tipici e poco vino della casa.

«Non te ne do più di un goccio» la prese in giro Davide. «Non vorrei che domattina continui a dare la colpa all'alcol»

Risero di gusto, poi lui con calma e tenerezza la fece alzare spostandole la sedia e la condusse in camera. Con tatto e senza fretta, le sfilò il vestito, si amarono con leggiadria tutta la notte e, al mattino, Cristiana si ritrovò accoccolata sul petto di Davide che dormiva beatamente, con i capelli scompigliati e la barba non ancora fatta, sembrava che gli fossero cadute tutte le difese, assomigliava ad un bambino solo e sprovveduto. Gli accarezzò una guancia e lui aprì debolmente gli occhi.

«Buongiorno!» Sorrise anche con i suoi occhi blu. «Che fai? Mi torturi dopo che tutta la notte mi hai tenuto sveglio?»

«Buongiorno anche a te» lo canzonò lei. «Mi pare che non ti sia dispiaciuto affatto vegliare!»

«Ho fame!» sentenziò Davide.

«Aspettiamo solo un po'» propose Cristiana. «Cinque minuti ancora».

Lui prese ad accarezzarle i capelli morbidi, passò l'indice lungo i contorni delle sue labbra e, mentre lasciava baci delicati e piccole carezze sul suo volto, Cristiana lo chiamò: «Davide» mormorando appena.

Pensò improvvisamente al dopo ma cacciò via i fantasmi che le riempivano la mente, si era ripromessa di godersi quel giorno di ferie, tutto il resto lo avrebbe affrontato al rientro a Napoli.

«Mmm» mugugnò Davide. «Che c'è?»

«Niente» rispose Cristiana.

I baci di Davide si fecero più voluttuosi e si amarono con quella passione e quella delicatezza che apparteneva solo a loro.

La Telefonata

di Normando Marcolongo

Si salutarono con un bacio candido, tenero, fatto di fretta e routine che, tutto sommato, era ciò che avevano sognato. A lungo.

Era un giorno che avrebbero ricordato. Le nuvole non abbandonavano il cielo da tempo e la pioggia, che andava e veniva, era fastidiosa come quella primavera che aveva deciso di farsi un po' desiderare. (Insieme a molte altre cose, del resto).

Mentre Cecilia usciva per affrontare il piccolo viaggio che l'avrebbe portata a scuola dove era impiegata in amministrazione, sentì alle spalle arrivare la consueta litania di "Manda un messaggio quando arrivi!" condita di ripetuti "Stai attenta!" e "Fa' piano!". Erano un rituale per Irma, donna minuta e delicata; e lo ripeteva ogni santo giorno: sapeva che quelle raccomandazioni avrebbero fatto qualcosa per proteggere Cecilia proprio perché era lei a pronunciarle. Non aveva molto altro in mano ma le doveva bastare. Non c'era un'altra Cecilia nel mondo per lei.

Chiusa la porta dietro le sue spalle, Cecilia fremeva, era eccitata. Felice. Il suo piano era facile ed Irma non ne aveva alcuna idea, ne era certa. Purtroppo, però, non dipendeva tutto da lei: lontano, a chilometri di distanza, dopo giorni di acceso dibattito, una votazione in un'aula avrebbe potuto cambiare la loro vita. Per sempre. Lei sentiva che era la volta buona. Neppure Cecilia aveva molto altro in mano. Ma era abbastanza.

La pioggia aveva ricominciato a cadere.

Irma ascoltava distratta la radio mentre aspettava un messaggio da Cecilia, l'ultimo gliel'aveva mandato lei un'oretta prima: non era il suo turno. Questo simpatico palleggio di poche parole era il loro giochino quando erano lontane, anche perché Cecilia non chiamava mai durante le ore di lavoro: non voleva essere rimproverata dal burbero preside con un riporto ridicolo e princìpi altrettanto discutibili.

Una notifica sul cellulare di Cecilia ne illuminò lo schermo: era la notifica che aspettava da mesi, da anni. Quasi non voleva leggerla; era un messaggio di Marco, suo amico dalle elementari, l'amico al quale dire tutto e con il quale, ahimè, Irma non aveva legato poi tanto. Erano d'accordo che lui l'avrebbe avvisata non appena poteva dare il via al piccolo grande progetto.

"Vai! È passata". Tre parole e un punto esclamativo come una freccia impudente puntata contro il cielo grigio. Mentre il telefonino squillava, Irma smise di canticchiare l'ultimo dei Coldplay che le si era ficcato in testa, trasalendo, quasi, quando si rese conto di chi la stesse chiamando: era Cecilia.

«Pronto! Che è successo?» rispose stringendo forte il cellulare.

«Niente cucciola» sussurrò piano Cecilia per non farsi sentire dai colleghi.

«Come niente? Non chiami mai quando sei al lavoro!» riprese Irma quasi irritata.

«In realtà qualcosa è successo...» confermò, birichina, Cecilia. «Sai, a Roma oggi hanno votato una legge molto importante».

«Ah era oggi?» ribatté Irma. Non ne avevano parlato molto ma l'avevano fatto. La legge sulle unioni civili le aveva tenute a ragionare poco e spesso. Come si dice a chi deve dimagrire riguardo il cibo: poco e spesso.

«Sì, Irma, era oggi ed è passata!» annunciò entusiasta Cecilia, non potendo fare a meno di alzarsi dalla sedia nella stanzetta in segreteria. Involontario gesto che fin troppo aveva di vero.

Il distratto "Ah era oggi?" che Irma aveva pronunciato mentre il gatto incurante andava a bere alla sua ciotola, era proprio ciò che Cecilia sperava. Nei giorni addietro, infatti, non avevano parlato di loro due ma della legge. Avevano parlato dei politici e delle loro fazioni ma non di loro due. Troppo poco dunque e forse troppo spesso.

«Irma, mi vuoi sposare?» chiese Cecilia sorridendo, ancora in piedi e con gli occhi chiusi.

Piano la mascella di Irma si mosse, lo spazio tra i denti bianchi incorniciati da sottili ma eleganti labbra rosa si fece sempre più grande in una lettera 'o' non pronunciata. Mentre la fronte le si corrugava il respiro si fermò. La mano libera dal cellulare salì verso la bocca e quando riprese fiato, l'aria attraversò le dita insieme ad un gridolino inaspettato.

«Sì, amore mio!» decretò felice alzandosi di scatto anche lei ancora senza fiato.

***

Avrebbero invitato anche il preside ed il suo improbabile riporto; non sarebbe andato, magari a causa dei suoi princìpi. Non importava a nessuno: le acacie bianche adornavano ogni tavolo mentre pronunciarono il loro "Sì" davanti all'imbarazzatissimo ufficiale del comune in una sala luminosa e calda non solo d'estate.

Cecilia ed Irma non avevano più paura, né vergogna. Avrebbero fatto attenzione ancora ed ancora, ogni giorno, e avrebbero fatto piano, e si sarebbero ricordate di mandare i messaggi quando arrivavano. E fuori non sarebbe piovuto più.

Lotta Con Me

di Katiuscia Iezzi

Durante la mia vita ho sempre amato scrivere, non ho mai smesso di farlo e finché avrò respiro non cesserò. Con l'aiuto della penna sono sempre riuscita a combattere le battaglie e a vincere le mie paure. A volte temo che se smettessi di scrivere cesserei anche di sognare.

Quel giorno, mentre guardavo la culla vuota accanto a me, il desiderio di scrivere per mettere ordine ai miei pensieri era forte ma il dolore che avevo nel cuore mi paralizzava. Ero lì, immobile nel mio letto e, con le mani raccolte sul ventre, cercavo di tenere stretta a me quella vita che sembrava volesse scappare via. Neanche la mia penna poteva redimermi dall'ingiustificato senso di colpa che mi pervadeva, neppure analizzare ogni istante dei miei ultimi mesi mi aiutava a capire cosa avessi potuto sbagliare. Eppure, la mia bambina stava andando via.

Capii che era arrivato il momento di reagire: di getto iniziai a buttar giù i miei pensieri, come solevo fare ogni qualvolta mi sentissi soffocare dal peso di una vita che ritenevo troppo dura per me, solo così iniziai pian piano a colmare quel dolore, quella sensazione di vuoto che mi voleva possedere.

A lei andò subito il mio pensiero:

Mia cara bambina, ogni giorno che passa dovrei sentirmi più vicina a te e invece, da quando il dottore mi ha detto che forse andrai via, sono caduta in una grande apatia. Vorrei non amarti così tanto, vorrei non pensare a te a ogni mio respiro, così sarebbe più facile dirti addio se ce ne fosse bisogno. Ogni mattina mi riprometto di pensarti un po' meno e invece, anche oggi, sono qui a lottare per noi. Ti ho vista nello schermo poco fa: così bella e indifesa, succhiavi il tuo ditino e, anche se a volte penso di essere arrabbiata con te perché vuoi andartene via, so che non potrei mai lasciarti morire senza il mio amore. Ti prego piccolina, resta aggrappata a me!

All'improvviso mi tornò in mente il giorno in cui scoprii del suo arrivo: il timore di non essere all'altezza e, al contempo, la gioia infinita di scoprirmi donna e madre crearono in me un turbinio di emozioni che mi rendeva confusa ma al contempo grata per quell'immenso dono. Il sogno tanto atteso si stava realizzando; quasi echeggiavano nella mia testa le grida di gioia di chi, come me, aveva a lungo atteso quel piccolo esserino. Mi parve di sentire ancora il suono di quelle risate che cercava di farsi spazio nella mia mente, dove forte era il ghigno beffardo che voleva riportarmi alla dura realtà.

Cercai allora di crogiolarmi in quel dolce ricordo, come se questo fosse servito a farmi tornare indietro e a evitare qualsiasi cosa fosse accaduta prima di essere catapultata in quell'incubo. Era facile ricordare il momento esatto in cui scoprii che la mia vita sarebbe cambiata: l'immagine nitida di quel test positivo stretto tra le mie mani tremolanti, quando ormai avevo perso ogni speranza. Barcollando ero uscita dalla stanza per gridare agli altri la mia gioia, fu una festa di abbracci e sorrisi. Quei volti raggianti erano gli stessi che ora vedevo piegati su di me con sguardo compassionevole. Il mio passo, invece, era rimasto tremolante e incerto, questa volta, però, a causa del dolore.

Mi voltai a fatica, ormai il cuscino era intriso di lacrime. Chiusi gli occhi stringendoli più che potevo, come se con quel gesto avessi potuto buttar giù le ultime gocce di tristezza che erano pronte a scorrermi sul viso. In realtà il riaffiorare di un nuovo ricordo mi fece ripiombare nella disperazione: continuai a ripercorrere nella mente quella giornata. Pensai, infatti, che solo pochi mesi prima ero pervasa da una così grande felicità che mi impediva di prendere sonno nonostante fosse buio da un po'; il cuore mi batteva forte e avrei voluto che quella notte non finisse mai. Con mio marito progettavo la vita perfetta: sognavamo insieme come sarebbe stato il nostro frugoletto, immaginavamo il taglio degli occhi e il colore dei capelli, cosa avrebbe fatto da grande e come sarebbe diventato, era tutto impeccabile nelle nostre menti. Ci addormentammo all'alba quando finalmente nella stanza giunse un po' di silenzio, lo stesso che ora mi terrorizzava.

Mi girai ancora una volta nel letto e sentii come un coltello penetrarmi nel ventre, un grido di dolore si levò dalla mia bocca. Di lì a poco mi ritrovai in ospedale: la corsa contro il tempo era appena iniziata. Immediatamente fui circondata da dottori che, attraverso le domande più assurde, cercavano di farmi rimanere cosciente; ero stanca, non avevo voglia di parlare, ciò che contava per me era solo sapere che la mia bambina fosse ancora viva. Quando lo chiesi nessuno rispose, un affondo più grande di quello che avevo avvertito poco prima fu la paura di averla persa per sempre.

Rimasta finalmente sola, in quel freddo letto, scrissi alla rinfusa ciò che avevo nel cuore:

Mia adorata bambina, sei così piccola che ti avverto a malapena, ma nel mio cuore so che sei ancora qui. Ti prego, non lasciarmi proprio ora! Il dolore che sto provando in questo momento non è neppure paragonabile a quello che mi causerebbe la tua perdita. Sei il mio piccolo miracolo e non posso permetterti di andare via, lotterò per te fino alla fine, a costo della mia vita se necessario; ti prometto che vedrai la luce, ma non puoi farlo ora, non sopravviveresti. Per favore, resisti! Ti supplico, lotta con me!

Dal primo giorno che arrivai in ospedale, mi attaccarono a un macchinario da cui iniziai a dipendere completamente: mi aiutava a sopportare quel corpo dolorante che cominciavo a odiare, perché incapace di proteggere la mia bambina. Fu in quel momento che si insinuò in me l'idea di essere difettosa ma cercai di non dare troppo adito a questo pensiero, lo feci ogni qualvolta si presentasse perché puntualmente mi conduceva a un pianto irrefrenabile che mi causava un grande dolore e, conseguentemente, l'avvio del travaglio. Nei due mesi che trascorsi lì, ebbi una moltitudine così grande di tali episodi, che smisi di portarne il conto.

Durante la notte solevo guardare fuori dalla finestra, ciò mi consentiva di divincolarmi fugacemente da quella dura realtà. Al crepuscolo, imperterrita, iniziavo a scrutare l'orizzonte nella speranza di intravedere la mia casa, come se questo fosse servito a riportarmi lì, ma la mia ricerca fu sempre vana. Nonostante la stanza fosse in una posizione tale da non consentirmelo, infatti, continuai inspiegabilmente a farlo ogni sera. Speravo di essermi sbagliata, di aver dato uno sguardo troppo rapido e allora mi mettevo meticolosamente a scandagliare ciascuna abitazione, con il desiderio irrefrenabile di scovare all'improvviso la mia dimora, per poi potermi immaginare lì, avvolta dall'amore immenso della mia famiglia. Invece, mentre guardavo fuori, scorgevo una luce fioca provenire dai palazzi circostanti e immaginavo, all'interno di quelle stanze, le mamme felici che giocavano con i loro bambini. Con lo scorrere dei giorni quel paesaggio divenne sempre più familiare e, quasi al termine della mia permanenza, dovetti perdere la speranza di ritrovarvi qualcosa di caro. Iniziai a detestare quella finestra perché ogni qualvolta vi volgessi lo sguardo avvertivo una stretta al cuore.

Alle prime luci dell'alba, dopo aver compiuto il solito rituale, riportavo l'attenzione al mio giaciglio, ove la neomamma di passaggio, impaziente di gridarmi la sua gioia, non cessava di descrivermi quanto fosse dolce allattare il proprio figlio. Dopo aver finto un sorriso di cortesia, chinavo tempestivamente il capo verso quella pancia che cresceva così lentamente, sospirando pensavo, però, che tutto sommato un altro giorno era passato.

Ciò che mi diede la forza di superare quei tristi momenti fu la scrittura: mi buttai a capofitto sui miei fogli, ormai ne contavo un centinaio. Scrissi continuamente alla mia bambina: l'unica amica che avevo in quel momento, l'unica persona che poteva capire quanta sofferenza ci fosse nel mio cuore. A volte, infatti, provavo delle sensazioni così spiacevoli che non avevo il coraggio di confidarle a nessuno: temevo di non essere compresa. Chi poteva, infatti, conoscere le mie paure? Chi immaginava quanto male mi facesse essere circondata da quelle donne che stringevano i loro piccoli tra le braccia? Chi poteva capire quanta tristezza aleggiasse nella mia anima quando immaginavo che quel momento non sarebbe mai arrivato per me? E se davvero quell'abbraccio tanto atteso fosse rimasto solo un sogno, chi avrebbe potuto sanare un cuore così lacerato? Nessuno, se non la mia bambina. Stavamo vivendo insieme quella triste avventura e dunque a lei continuai a legarmi, se possibile, ancora di più.

Mia dolce piccolina, sono molto confusa, nonostante siano trascorsi quasi due mesi da quando siamo qui, i dottori mi hanno comunicato le tue scarsissime probabilità di sopravvivenza qualora nascessi oggi. Si alternano medici con pareri diversi: alcuni sostengono la nostra causa, altri si oppongono a noi. Questi, proprio ieri, mi hanno suggerito di lasciarti andare, di farti fare il "tuo corso". Non credo di essere mai stata così furiosa in tutta la mia vita e ho alzato la voce, è l'unica cosa che mi è rimasta per difenderti. Ho gridato il mio desiderio di continuare a lottare insieme, perché le nostre vite sono profondamente intrecciate e la mia senza la tua cesserebbe. Mi hanno risposto che ti ho idealizzata e che in realtà non sei ancora una bambina, ma un piccolo feto. Che senso ha questo? Non hai forse un cuore che batte con il mio? Non ho forse visto il tuo viso così bello e perfetto? Come non si può considerare te un essere umano, se chi è così povero di empatia invece lo è? Come vorrei proteggerti da questo mondo ormai privo di umanità, dove un bambino vale meno di un posto letto.

Mi rammaricai subito di ciò che scrissi, l'istinto di strappare via quel foglio fu forte. Avrei dovuto proteggere la mia bambina dalla cattiveria del genere umano. Odiavo che ci si rivolgesse a lei come se ancora non esistesse realmente, ma quella era una pagina della mia vita e non potevo buttarla via. Dovetti perciò trattenermi. Quell'evento, però, insinuò in me molti dubbi: cosa avrei fatto qualora mia figlia non fosse mai nata? Sarebbe davvero stata per sempre solo un piccolo feto? No! Non poteva! Lei era già tutta la mia vita.

Passai la mia permanenza lì, afflitta dal dolore e dalla paura, l'unica consolazione era rifugiarmi in quegli incessanti dialoghi epistolari che intrapresi con lei. Quanto avrei voluto una sua risposta! Quanto bisogno avvertivo di sentirla viva!

Mia dolcissima bambina, oggi ti ho sognata, eri bellissima e il tuo sguardo raggiante si posava su di me e mi riempiva di gioia. Il sole illuminava i nostri visi sorridenti e io potevo toccare le tue manine e sentire il calore della tua pelle che riusciva a scaldare il mio cuore avvizzito da tanto dolore. Finalmente eri con me, con che fervore avevo atteso quel momento! All'improvviso il suono di alcune voci ti fecero piangere, ti guardai e stringendoti al petto iniziai a intonare una dolce nenia per farti calmare. Ma quel fastidioso vociare diveniva imperante e tu piangevi sempre più forte, all'improvviso un grido di disperazione mi fece trasalire e vidi delle mani bianche strapparti via da me.

Quando aprii gli occhi mi resi conto di non essere poi così tanto lontana da quell'incubo. Sperai di stare ancora dormendo ma la luce abbagliante che colpiva il mio volto mi riportò alla dura realtà.

Eravamo lì, io e te, a combattere su un tavolo gelido che emanava un sentore di morte, ma neppure quel freddo è riuscito a fermare i nostri cuori: lo sentivo il tuo che galoppava verso il mio. Non potevano separarci, non in quel momento, era troppo presto! Perché stava accadendo questo? Perché proprio ora? Avevamo da trascorrere altri mesi insieme! Dovevamo abbuffarci di dolci e poi cercare i vestiti più comodi per starci dentro in due, dovevamo emozionarci guardando un film o farci foto buffe per ridere insieme quando ti avrei stretta a me. Ma la tua vita stava volando via e non potevo farci nulla. Tu, così piccola e indifesa senza me; io così vuota e inutile senza te.

Trascorsi la notte seguente dolorante e angosciata, ignoravo dove fosse stata portata la mia bambina, sapevo che quegli angeli bianchi si stavano prendendo cura di lei ma chi avrebbe pensato a me se il suo cuoricino si fosse fermato e con lui tutta la mia vita?

Un torpore mi pervase fin dentro l'anima, ero inerme nel mio letto, forse per la prima volta mi sentii veramente sola. Quella fu la notte più lunga e buia della mia vita. Annaspai fino all'alba, poi finalmente ebbi la forza di alzarmi. Fui accompagnata dinnanzi a una vetrata dalla quale potei intravedere la mia piccola vita. Il suo cuore ancora batteva e, appena me ne resi conto, ricominciò a pulsare anche il mio.

Mi addentrai in quella stanza buia, un odore acre accompagnò i miei passi tremolanti. Vi erano tanti bambini ma mi diressi senza indugio dalla mia, l'avevo vista solo per pochi secondi il giorno prima eppure avevo scolpito la sua immagine nella mia mente. Volli memorizzare ogni suo dettaglio, ogni parte del suo minuscolo viso, per tenere stretto almeno il suo ricordo qualora non l'avessi più rivista.

Quando arrivai dinnanzi all'incubatrice, il silenzio, se possibile, divenne ancora più forte: ora neanche i miei pensieri erano lì a tenermi compagnia. Ero sola, terribilmente sola, sola con quel corpo che non era riuscito a proteggere la mia bambina, l'unico compito che aveva non l'aveva saputo portare a termine. Il senso di colpa divenne sempre più grande mano a mano che presi coscienza della sofferenza di quel piccolo esserino.

Mia adoratissima figlia, oggi per la prima volta ho potuto vederti. Il tuo dolcissimo viso mi ha fatto dimenticare per un attimo la nostra battaglia. Sei così piccola che riesco a tenerti nel palmo della mano, vorrei stringerla per proteggerti come forse non ho saputo fare prima ma i macchinari a cui sei legata me lo impediscono. Mia carissima bambina, così piccola e indifesa, ora più che mai devi lottare per continuare a vivere. So che per te non è semplice, so che il tuo cuoricino non è maturo abbastanza ma non permettere che smetta di pulsare, ti prometto che sarò sempre al tuo fianco. Non mollare!

Vacillando tornai nella mia stanza dove mi abbandonai a un pianto infinito, continuava a pervadermi quel sentore di morte che avevo avvertito il giorno precedente. La paura di perderla era, infatti, ancora molto forte.

Nei giorni seguenti feci visita a mia figlia ogni qualvolta mi venisse consentito. Nonostante il dolore inconsolabile che provavo, cercavo di essere serena per trasmetterle le stesse emozioni. Il cuore mi batteva forte quando, con il camice verde, mi dirigevo a passi svelti verso lei: eccola, la mia vita!

Mio piccolo prodigio, oggi ho provato a darti il latte per la prima volta, che bello vederti mangiare, seppure a fatica, ci sei riuscita. Sono molto orgogliosa di te! Prima di tornare in stanza, mi sono fermata a guardarti dormire, sei così bella che non posso non piangere di gioia. Mentre ti coccolavo hai aperto per qualche secondo gli occhietti, ero così felice che subito mi sono rivolta a papà.

Ormai da qualche giorno lui segue ogni nostro movimento da una vetrata e, quando lo guardo spaventata, mi fa un sorriso così grande che riacquisto la speranza. Purtroppo ora devo lasciarti, da oggi non potremo più stare molto tempo insieme perché i dottori mi hanno dimessa ma posso garantirti che sarò qui appena le porte apriranno e andrò via quando la luna sarà alta da un pezzo. Tu, amore mio, continua a lottare e a vivere per noi.

Il viaggio verso casa, seppur breve, fu devastante, temevo che se fosse successo qualcosa alla mia bambina non sarei stata presente. Cercavo con tutte le mie forze di concentrarmi su ciò che andava bene ma il pensiero era fisso su quel piccolo corpicino indifeso che faticava persino a nutrirsi.

Passarono molte settimane, dopo una notte insonne trascorsa, come sempre, con il telefono in mano per paura che squillasse, mi feci forza per alzarmi. Quella mattina ero felice perché mi accingevo ad andare da mia figlia, ma quando sentii il telefono vibrare, rabbrividii. Con un filo di voce risposi e la notizia che aspettavo da mesi arrivò: potevo riportare la bambina a casa! Corsi ad abbracciare mio marito, eravamo entrambi increduli, solo il giorno prima mi avevano comunicato che pesava un chilo e ottocento. Non era troppo piccola? Cercai di scansare velocemente i cattivi pensieri, volevo godermi fino in fondo quella giornata. In fretta ci avviammo verso quello sterile edificio che, dopo tanta sofferenza, mi avrebbe finalmente restituito la mia adorata bambina. Percorremmo correndo i lunghi corridoi, grati che quel tanto atteso momento fosse arrivato. Suonai per l'ultima volta il campanello della TIN, infilai velocemente il camice verde ripetendomi che quel gesto, ormai divenuto meccanico, non avrei dovuto ripeterlo mai più. La porta si aprì e vidi davanti a me un sacerdote imponente dall'abito scuro, pensai che i miei dubbi fossero fondati. Il sangue si raggelò nelle vene, il cuore iniziò a battermi così forte che quasi mi sentii mancare, ma in quell'istante scorsi davanti a me una donna piegata nel suo immenso dolore. Era inginocchiata a terra, circondata da dottori che provavano inutilmente a consolarla; un grido acuto si levò dalla sua bocca e si lasciò andare in quell'abbraccio che, immaginai, avrebbe voluto durasse in eterno. Intravidi in quel momento il suo minuscolo bambino con le mani penzolanti, lo stringeva al petto disperatamente. Mi sentii così avvilita per lei che piansi amaramente sentendomi vicina al suo dolore. Mio marito, anch'egli in lacrime, mi cinse le braccia attorno al collo e mi portò via, come se avesse voluto proteggermi da tanta sofferenza. Ci recammo in rispettoso silenzio dalla mia bambina e, seppur piena di gioia perché l'avremmo riportata a casa, non potevo non provare una profonda tristezza per quella mamma, la cui culla sarebbe invece rimasta vuota per sempre.

Minne Randagie

di Maria Grazia Patania

Le prime minne che Robertino aveva visto in vita sua erano quelle di sua madre. Aveva succhiato avidamente il nutrimento che da esse sgorgava, irrobustendo il suo scheletro appena sbocciato e preparandolo ad affrontare le asperità della vita. Di quel periodo, in cui basta un lamento per trovarsi la calda minna in bocca, Robertino non ricorda nulla. È questa la prima e inoppugnabile manifestazione della crudeltà della vita. A otto anni, se ne rendeva già perfettamente conto.

Oltre a quelle materne, Robertino aveva familiarità con le minnuzze acerbe di sua cugina Rosa che era nata nel suo stesso giorno, rubandogli da sempre metà della popolarità che i compleanni garantiscono. A parte questo piccolo sgarbo, Rosa era una creatura amabile che pareva essere stata catapultata nella loro famiglia da una cicogna confusa. Fisicamente non avrebbero potuto essere più diversi, fatto salvo per il modo repentino in cui socchiudevano gli occhi quando percepivano un ceffone in arrivo. Un dettaglio di cui solo loro due si erano accorti.

Rossa di capelli e con la carnagione color latte, a ogni primavera la picciridda si riempiva di efelidi e lottava per non scottarsi mentre giocava coi suoi cugini niuri e sarbaggi.

Robertino – morbido e goffo nel suo corpo paffuto – le spalmava con cura la crema solare che nessun altro usava e temeva sempre che la cuginetta si sciogliesse per la cappa di quell'unguento spesso e colloso. Quando calava la sera, secondo un silenzioso richiamo, si precipitavano nel cortile della campagna e si spogliavano sul bizzolo dove venivano stricati con spugne e sapone di Marsiglia.

Si tenevano per mano, Rosa e Robertino, durante quel rito che anticipava la cena e il ritorno dai campi dei loro sgreuti padri. Quei momenti erano gli ultimi istanti di pace. Comu trasevano i masculi dentro casa, i fimmini canciaunu consistenza. Diventavano effimere.

Tuttavia, quando i padri arrivavano a casa con la luna di traverso, non serviva a niente cucinare manicaretti, riempire calici di vino, dire sì certo ma figurati ci penso io. Nel migliore dei casi qualcosa andava in frantumi. Nel peggiore qualcuno buscava legnate.

Il malocarattere degli uomini era un dato di fatto.

Ineluttabile come la messa la domenica e la sottomissione delle donne.

Inevitabile come le schiene curve dei braccianti neri che rendevano ricche le loro famiglie. Gente di cui loro ignoravano ogni cosa. Ombre e sagome che si muovevano veloci fra le serre.

L'universo di Robertino e Rosa aveva regole ferree. Tutto sembrava svolgersi secondo traiettorie precise come i solchi scavati nel terreno prima della semina.

Un pomeriggio di fine luglio, Robertino moriva di noia. Si era rifugiato nel grande salone vuoto e immacolato, sdraiandosi sul pavimento in cerca di refrigerio. Intorno alla casa, si sentiva solo il frinire pettegolo delle cicale. Sembravano spariti tutti, gatti e cani inclusi.

Verso le sei, si era azzardato a sfidare il caldo estivo per spingersi fino al mare. Stava già per desistere, quando vide sua zia camminare a passo svelto in direzione della spiaggia. L'aveva chiamata ma lei non l'aveva sentito. Sembrava distratta.

Giunta al limitare della battigia, Maria si era spogliata e col suo costume rosso si era tuffata. Robertino lasciò i vestiti sulla sabbia, non immaginando di ritrovarsi davanti quel seno nudo e perfetto a un palmo dal naso.

Maria si era slacciata il pezzo di sopra e nuotava con lentezza nell'acqua bassa, la pancia a sfiorare il fondale dunoso.

L'aveva osservata: le gambe ondeggiavano richiamando la flessuosità della coda di una sirena.

Robertino aveva avvertito una specie di fitta al basso ventre e il cervello si era popolato di immagini confuse.

Scorgendolo, la zia si spaventò. Non l'aveva riconosciuto subito e istintivamente si era portata le braccia al petto.

Rimase immersa fino all'ombelico e i capezzoli turgidi si ricoprivano di piccole gocce salate che lui avrebbe voluto succhiare.

«Robertino, mi facisti scantari! Ma che sei pazzo? Vieni qui, monello» gli disse andandogli incontro sorridendo.

Un attimo dopo, lo stringeva a sé.

Fu questione di un lampo, un nonnulla, un istante in cui riuscì ad afferrare il battito che teneva in vita il suo angolo di dolcezza.

Quella notte Robertino dormì sonni agitati e poi si ammalò. Tutto cominciò con una strana febbre che sembrava arderlo interiormente e lo lasciava boccheggiante sul letto madido di sudore.

A prendersi cura di lui fu Maria, che lo fece traslocare nella sua piccola dependance, tanto sua madre non avrebbe potuto stargli dietro. Benché anche la zia fosse indaffarata, trovava sempre il modo di coccolarlo. Robertino pian piano si riprese ed era preoccupato all'idea di dover tornare a casa sua dopo quella parentesi senza ceffoni e piatti rotti.

Maria, una volta giunta la sera, si chiudeva la porta di casa alle spalle e invece di evaporare per rendersi invisibile acquistava consistenza.

Si toglieva i vestiti sporchi di fatica e gli raccontava aneddoti divertenti.

«Non crescere mai, Robertì. Rimani buono come il pane per sempre» lo vezzeggiava Maria, spettinandogli i capelli.

Si sentiva strano mentre osservava quella nudità di donna giovane e ne sacralizzava le minne bianche e perfette. Non era come fare la doccia con Rosa o trovarsi davanti il corpo sfibrato di sua madre.

Rimaneva rigido come un salame mentre si lavavano circondati dal canto della donna che sembrava immune alla brutalità del luogo in cui vivevano. La assorbiva avidamente, registrava ogni dettaglio ma poi gli tornavano in mente certi sermoni della domenica e si sentiva in colpa senza capirne il motivo. Mangiavano, e sul letto Robertino respirava l'odore di bucato pulito, mentre ascoltava fiabe strane che non sembravano uscite da nessun libro. Storie bizzarre di uomini e donne di nazioni lontane, venuti nella terra dei mandorli assolati per fare la fine degli schiavi.

Finito il malessere che lo aveva afflitto, rimase lì con la zia e imparò a conoscerla sempre più a fondo. La notte, ad esempio, aveva imparato che spesso lei spariva. La prima volta si spaventò non trovandola nel letto ma poi il sonno lo vinse e l'indomani si convinse di averla solo sognata quell'assenza. A distanza di qualche giorno, si svegliò di soprassalto e si costrinse ad aspettarla. Ma unni sinni va sta fimmina di notte a notte? Non era più un bambino: doveva aspettarla sveglio e chiedere spiegazioni. Fece un paio di giri intorno alla casa, infreddolito e spaventato per i latrati dei cani lontani. Il minimo movimento degli alberi lo faceva trasalire. Altro che uomo, era solo un pupo di pezza come diceva suo padre. Afferrò una sedia dalla cucina e la piazzò davanti la camera da letto, intenzionato ad aspettare sveglio Maria che però lo trovò addormentato.

Una volta, invece, si mise a cercarla e la trovò che tornava seria, sporca e infreddolita dal retro della proprietà.

Lo sguardo mal si combinava con la zia danzante che cantava e raccontava storie di luoghi esotici.

La vide posare una valigetta e mettere a lavare panni sporchi di sangue. Quando lei registrò la sua presenza, sobbalzò e con le mani afferrò l'urlo che stava per scapparle dalla gola.

«Robertino, cill'ha finiri cu sta storia ca spunti all'improvviso. Bedda matri, mi facisti scantari. Cuccamuni» gli sussurrò dolcemente.

Non riusciva a dormire, Robertino. Dov'era finita la rabbia per essersi ritrovato solo in casa? Dov'era finito lo scanto di non sapere dove fosse andata sua zia? Dove il risentimento di essere tagliato fuori dalle sue notti misteriose? Sintonizzato sul ritmo del respiro di Maria, finalmente scivolò in un sonno ruvido e tormentato.

La mattina dopo, non tirava aria di giochi e carezze. Lo sguardo di sua zia rimase serio fin quando non aprì bocca.

«Robertì, ascolta. Mi devi giurare ca ti stai muto e custodisci 'sto segreto come la cosa più preziosa che hai. Robertì, ascolta: non è un gioco. Chissa è 'na cosa seria. U capisci?». Nel formulare quelle domande lo scrutava per soppesarne l'affidabilità.

Per tutta risposta, lui si limitò ad annuire con due colpi secchi.

«La notte minni vaiu dai niuri». Pausa. «Ci pottu l'acqua frisca, pulita e li medico. Noi li trattiamo come bestie, ma sono umani».

Il bambino si sentiva confuso. Non tanto per la rivelazione su quelle figure nere quanto per il coraggio di sua zia.

Una fimmina.

Una fimmina ca' pareva pure mezza stordita, si metteva contro i masculi.

«Se vuoi che mi sto muto, mi devi portare con te» disse soltanto questo prima di andare a rifugiarsi nel suo posto segreto. Suo padre l'avrebbe spellato vivo, se avesse saputo che si faceva comandare da una femmina per disobbedirgli e fraternizzare coi niuri.

Una notte, dopo molte insistenze, si sedette coi braccianti e aiutò Maria a medicare ferite, massaggiare muscoli contratti, ascoltare la tristezza di chi ha lasciato la propria casa con decine di sogni nel cuore.

Mancava la mamma anche a loro, per quanto incredibile gli sembrasse.

«Ma non siete troppo grandi per queste cose?» chiese. Dall'ombra emerse un uomo robusto e altissimo. Robertino ne scorgeva i denti e gli occhi al buio. Pian piano i contorni divennero più nitidi. Con la coda dell'occhio Robertino colse un guizzo nello sguardo di sua zia.

«Bimbo mio, non si diventa mai tanto grandi da smettere di sentire la mancanza della mamma. Macari a novant'anni ti mancherà» rise il nero alto e robusto.

A un tratto, i presenti consegnarono a Maria dei fogli, che lei mise in fretta dentro una borsa di tela.

«Ve li porto corretti domani. Intanto continuate a esercitarvi». E così si accomiatarono.

Quelle pagine erano piene zeppe di esercizi, di frasi in italiano, di aggettivi da trasformare al femminile o al plurale.

«Vanno a scuola?» domandò Robertino incredulo.

«No. Ma iu c'ansignu l'italiano. Ignoranza fa rima con schiavitù e qua nessuno deve arristare somaro».

Il tempo prese a scivolare. L'estate soffocava tutti con la medesima intensità ma i braccianti soffrivano di più la crudeltà dei padroni.

Robertino continuava a vivere con la zia, felice che a nessuno importasse della sua assenza. Solo Rosa andava a trovarlo ogni giorno appena si liberava dai mestieri di casa che a lui erano risparmiati. Quanto avrebbe voluto condividere con lei quel segreto! Eppure non poteva. Maria glielo aveva proibito e in quell'occasione Robertino aveva imparato che nella vita alcune cose le dobbiamo coltivare da soli, al riparo dal resto del mondo che potrebbe distruggerle.

Nei campi serpeggiava il malcontento. Adesso il nero spilungone a cui mancava la mamma parlava di cose mai sentite prima. Si faceva chiamare Thomas, come Thomas Sankara, il capo di un paese lontano che in soli quattro anni aveva guidato una rivoluzione ed era riuscito a cambiare il destino del suo paese trasformandolo nel Paese degli Uomini Integri.

Le notti nei campi si erano fatte irrequiete.

Thomas aveva imparato a voler bene a Robertino e doveva imporsi con la forza di considerarlo un corpo estraneo al gruppo. Lo stesso valeva per Maria che gli aveva rubato il sonno con quel suo corpo morbido e accogliente, il ventre piatto e i fianchi larghi, le cosce sode, i seni perfetti.

Una notte in cui erano andati a letto presto, Robertino fu svegliato dal caldo afoso e, non trovando la zia, andò in giro per la casa. Sommessi rumori arrivavano dal ripostiglio. Al buio scorse il bianco profilo di Maria.

Nuda, trionfante, aperta come un melograno, la testa riversa e sul viso un'espressione mai vista.

Le minne bianche che lo avevano ipnotizzato al mare sott'acqua rilucevano di luna e sfrontatezza mentre si inarcava al ritmo di Thomas.

Era lui il direttore dell'orchestra silenziosa che muoveva sua zia, iddu c'ampastava, arriminava, contorceva, rilasciava Maria.

Iddu ca ci parrava in una lingua mai sentita.

Lei che rispondeva con una danza fin quando qualcosa la afferrò scuotendola tutta.

Inarcata la schiena, tese le gambe e arricciò i piedi con un sospiro.

Robertino osservava quella scena incantato.

Non si era ancora ripreso dallo stupore di sua zia irrigidita da quello spasmo, che sgranò gli occhi vedendola fare una cosa inimmaginabile.

In un lampo, spostò l'amante possente e gli si mise sopra con uno sguardo di trionfo che sua madre avrebbe definito da vera buttana.

Di questo era certo: i fimmini non dovevano provare piacere per la vita in generale e per le cose che facevano con i masculi. Sennò erano buttane. Il godimento era privilegio esclusivo dei mariti.

Ma Maria no. Maria si pigliava tutto.

Si pigliava la vita, la notte, la tenerezza, l'amore, la ribellione e tutto il resto.

Si pigliava Thomas, squagliato sotto di lei in un'espressione inebetita. Adorò sua zia come l'altalena spinta in alto verso il cielo, come l'acqua del mare che lambisce le ginocchia mentre ci si immerge per sfuggire all'afa.

Come il pane caldo con l'olio, il sale e l'origano sminuzzato.

Robertino si sentiva tutto scombussolato e tornò a letto col cuore che era una piuma e l'immagine di quei due avvinghiati come serpenti dentro una cesta.

Gli successe molte volte di osservare l'amore fra Maria e Thomas e fu solo per questo che comprese le frasi rancorose di suo padre.

«Uora i'mmazzamu comu li cani. Sta scimmia africana vinuta cà a futtirisi a me cugnata. Maria ha avuto troppa libertà».

Robertino scivolò nell'afa per trovare Thomas in mezzo alle schiene piegate. Quello fu così felice di vederlo che non presentì la sventura in agguato.

«Ve ne dovete andare. Ora. Subito. Scappa con Maria. Mio padre vi vuole ammazzare».

«Unni è Maria?» chiese soltanto.

«Preparati ché io vado a cercarla» gli rispose.

Dopodiché la coppia sparì nel nulla.

Gli scagnozzi di suo padre giurarono di averli scannati come i porci.

Robertino però non volle crederci e si rifugiò nel ricordo delle notti di amore fra sua zia e Thomas.

Ricominciò la scuola, proseguì la violenza dentro le mura di casa e per i campi.

Poi, un giorno di primavera, mentre lui e Rosa tornavano da scuola, una donna nera chiese loro di seguirli alla fine del paese. La bambina era incerta, non si fidava. Ma Robertino la convinse ad andare.

Sudati e inquieti, alla fine della città, lì dove iniziavano le campagne, scorsero una coppia dietro un grande carrubo.

A quel punto corse, Robertino.

Corse incontro a sua zia, dritta come un fuso accanto a Thomas che teneva una cosa in braccio.

Corse veloce mentre Rosa arrancava dentro le scarpine ruvide.

Thomas li guardava con la figlia addormentata in braccio e poi si abbassò in ginocchio per osservare il bambino negli occhi.

«Miracle è anche un poco figlia tua. L'hai vista nascere dentro Maria, l'hai salvata dalla scanna di tuo padre e dovrai occupartene pure tu, come noi ci occuperemo di voi. Andiamocene via da questo posto».

In quel momento, sua zia Maria scoprì le sue bellissime minne randagie per allattare la neonata mentre tutti e quattro si muovevano per scivolare dentro l'orizzonte.

Nessuno li avrebbe mai più rivisti.

Un Battito d'Ali

di Angela Gigliotti

Carla si guardò allo specchio per cinque minuti buoni, imbambolata, poi lo squillo del telefono la svegliò da una specie di torpore, nascose goffamente il test di gravidanza, come se dall'altro capo del telefono Nico potesse vedere, uscì dal bagno e afferrò il cellulare che squillava con prepotenza.

«Pronto Nico sei tu».

L'altro colse una sorta di affanno.

«Sono io. Ma che, sei già fuori di prima mattina?».

«No...»

«E infatti. Guarda che sono all'aeroporto, il volo parte in orario. Per cui» Nico aveva dato uno sguardo veloce ai monitor «per mezzogiorno sono a Trieste, va bene?».

«Sì».

«Madonna! Ma oggi ti sento strana, che sono questi monosillabi? Va bè, a tra poco, mi raccomando: puntuale!»

Lui riattaccò tranquillo mentre lei si abbandonò ad un tremore invisibile che la costrinse a sedersi, a poggiare la testa sullo schienale della poltrona e a volgerla all'indietro a guardare il soffitto bianco. Poi dovette trovare il coraggio di rialzarsi. Si guardò di nuovo allo specchio, questa volta di profilo. La pancia era ancora piatta. Se si fosse tranquillizzata e si fosse comportata come sempre Nico non avrebbe sospettato di nulla. Ce la doveva fare. Almeno per quella volta.

Non lo vedeva da tre mesi. Il conto lo aveva fatto velocemente sempre quella mattina, dopo la comparsa delle lineette sullo stick. Lui aveva avuto degli interventi importanti che lo avevano costretto a rimandare la partenza di continuo. Lei invece si era impuntata. Non si sarebbe mossa da Trieste finché lui non avesse trovato uno straccio di weekend per lei.

Per i primi due fine settimana si era organizzata in modo forzato, ricercando cose divertenti e interessanti che la illudessero di non essere in un banale "piano B". Poi una sera, ad una di quelle cene a cui era andata controvoglia, aveva incontrato Francesco. L'aveva notato subito, i lineamenti decisi e la pelle chiara. Ma aveva notato anche che era più giovane di lei. Si era seduta lontana, non c'era storia, neanche fosse stata libera. Ma poi aveva passato tutta la sera ad osservarlo incuriosita e ad ascoltarlo. Un trentenne che non dimostrava di avere idee troppo stupide o eccessivamente grandiose; un trentenne che non aveva l'incoscienza della sua età ma neanche la rassegnazione o la squallida "giovanilità" di certi cinquantenni.

Quell'enigmatica ammirazione sarebbe rimasta volutamente insoluta e inespressa, se alla fine della cena lui non fosse capitato in ascensore insieme a lei. La conversazione tra terzo piano e "meno uno" era stata banale. Poi lui l'aveva accompagnata fino all'auto e, mentre le teneva lo sportello aperto, le aveva toccato la spalla.

Un battito d'ali.

Una spalla, si era rimproverata per tutta la notte, una semplice mano sulla spalla.

Il giorno dopo, scorrendo i messaggi, era stata attratta da quello di un numero sconosciuto. Un altro battito.

"Mi piacerebbe rivederti, anche solo per un caffè. Francesco".

Asciutto, sintetico. Degno di una risposta senza fronzoli.

Solo un caffè, si era rimproverata ancora, mentre scriveva e cancellava frasi a effetto, troppo fredde, troppo esplicite, troppo compromettenti.

Alla fine gli aveva dato appuntamento la settimana successiva.

"È così che iniziano le cose" una vocina aveva sussurrato tra i capelli.

Ma non ci aveva fatto caso.

Ora, mentre girava nervosa e impacciata con il test tra le mani, quella vocina se la ricordava.

Francesco la chiamò proprio in quel momento.

«Stai tranquilla» le disse, ancora ignaro della gravidanza, «quando te la sentirai gli dirai tutto, non sarò io a metterti fretta».

Anche quella mattina Francesco aveva trovato le parole giuste, quell'equilibrio che lei, prossima al mezzo secolo, inseguiva ancora come una chimera.

«Una pausa! Una pausa?» Erano sul lungomare a passeggiare, e ora Nico si era fermato. «Ma sono tre mesi che non ci vediamo, e vuoi pure una pausa?»

«E chi è che doveva venire e non è venuto?» Carla capì che bastano due parole per sentirsi profondamente bastardi.

«Non puoi continuare a colpevolizzarmi per il mio lavoro, Carla, sono stufo, stufo, e tu poi, quando ti arrocchi sulle tue posizioni, sei peggio di un estremista islamico. Per carità!» Camminava con le braccia spalancate come a voler fermare il vento che li divideva. «E va bene, va bene, forse una pausa fa bene più a te che a me». Nico manteneva ancora la sua aria spavalda. «E va bene, tanto quando ti metti in testa una cosa tu!» Poi si mise al telefono.

«Riparto domattina, ho il volo alle sei. Ma se permetti, Carla, stasera me ne vado in albergo. Ciao». Le voltò le spalle bruscamente.

Carla tirò un amaro sospiro. Si toccò la pancia. Doveva essere di otto settimane ma percepiva già dei fremiti strani. Era felice, spaventata, confusa. E pianse.

Poche ore dopo Carla e Francesco erano a letto stanchi e felici. Lui iniziò discorsi più coraggiosi. Quelli che ogni donna sogna di sentire dal suo uomo. Sarebbero stati una famiglia, avrebbero vissuto tutti insieme, loro e il piccolo. E ne sarebbero arrivati altri, perché lui, figlio unico, sognava una famiglia numerosa. Progettava la data del matrimonio, la loro casa con le camerette per i bimbi. E i nomi. I nomi furono decisi quella notte, Viola se fosse stata femmina e Giosuè se fosse nato maschio. Si addormentarono con le mani nelle mani, sognando solo cose belle.

Una fitta interruppe quel sonno profondo e lieve, poi del sangue sul lembo della camicia. Un'altra fitta.

«Francesco» Carla gli strinse le mani per svegliarlo. «Non sto bene».

«Il battito non c'è più» il dottore cercava quell'atto vitale con la sonda dell'ecografo.

E Francesco lasciò le mani di Carla, abbandonò le sue sui fianchi, ciondolanti, come se anch'esse fossero senza vita; Francesco non la guardò più, i suoi occhi si persero nel grigio lucido del pavimento. Poi si allontanò.

Carla affrontò da sola la sala operatoria, il vuoto, il pianto.

E mentre una suora le metteva in mano un rosario il telefono squillò.

Lo lasciò fare per un po', non aveva voglia di parlare, neanche con Francesco.

Ma il cellulare continuava a squillare con prepotenza e Carla decise di spiare sul display.

Un battito d'ali.

Era Nico.

«Sei arrivato?» Carla si sforzò di far finta di nulla.

«Sì sì, arrivato. No, è che, pausa o non pausa...»

«Pausa o non pausa?» Ora Carla quasi sorrideva.

«E niente, ti dovevo chiamare. Carla! Tutto a posto? Sicuro?»

«Diciamo di sì» riuscì a fingere un sorriso sincero. «Anzi, pausa o non pausa, appena mi metto in pari con il lavoro, vengo io».

Gomitolo Rosso

di Daniela Lomi

Marta guardò fuori dalla finestra prima di uscire. Dall'ultimo piano del palazzo di vetro la città sembrava appiattita dalla pioggia battente che cadeva da molte ore.

Era rimasta sola in ufficio, ormai succedeva sempre più spesso che fosse lei a chiudere con le mandate la porta d'ingresso.

Viveva da sola e questo autorizzava i suoi colleghi a credere che non avesse altro da fare fuori da lì. In parte era vero, ma quella sera aveva lo spettacolo a teatro e non voleva certo rinunciarvi.

Prese il cellulare per guardare l'ora, non portava l'orologio per timore di essere derubata. Erano quasi le ventuno; a quell'ora trovare un taxi era un'impresa e con quella pioggia diventava ancora più difficile.

Lei però non amava il metrò, aveva una paura ancestrale di scendere sottoterra e considerando anche la tarda ora, l'incubo delle aggressioni moltiplicava i suoi timori.

Come previsto, tutti i tentativi di prendere un taxi erano stati un insuccesso e non restava altro che farsi coraggio e scendere nei corridoi soffocanti della metropolitana. Camminava a passo svelto e ogni tanto si girava di scatto per controllare se qualcuno di sospetto fosse alle sue spalle. Più scendeva più l'ansia cresceva, le mani fredde e sudate si agitavano dentro le tasche del cappotto.

Non era riuscita a prendere il treno in partenza ed ora si trovava da sola sul marciapiede ad aspettare, per quattro minuti, il prossimo veicolo. Quattro minuti... un'eternità di tempo in cui sarebbe potuto accadere di tutto!

Per scoraggiare i malintenzionati fingeva di parlare al cellulare. Lo faceva a voce alta. Fu proprio il suo tono di voce a mascherare i passi veloci di chi le sopraggiungeva alle spalle. In un istante fu afferrata e un colpo doloroso alle gambe la costrinse a inginocchiarsi. Terrorizzata, si ritrovò a terra, impietrita dalla paura non riusciva neppure a gridare.

Il rumore del treno in arrivo costrinse l'assalitore alla fuga. Strappata la borsa dal braccio si allontanò velocemente correndo per le scale mobili.

Marta rimase lì per terra, stordita da quanto accaduto.

Andrea era su quel treno. Non era sua abitudine prendere la metro, preferiva camminare per le strade della città anche a tarda ora. Quella sera però pioveva davvero troppo e aveva deciso all'ultimo minuto di cambiare le sue abitudini.

Per fortuna c'erano poche persone e anche le fermate successive erano semi deserte. Non fu quindi difficile rendersi conto che c'era qualcosa di strano in quella donna con lo sguardo fisso, le braccia abbandonate sui fianchi e le guance rigate dalle lacrime e, prima che le porte venissero richiuse, uscì senza indugio a soccorrerla. Marta era sotto choc e l'avvicinarsi di quell'uomo la spaventò ancora di più. Iniziò a gridare per farlo allontanare.

Andrea però rimase lì. Aspettò qualche minuto, poi le offrì la sua bottiglietta d'acqua.

Parlava molto lentamente, il tono della sua voce era rassicurante e Marta, piano piano, riprese le normali funzioni cognitive. Iniziò a raccontare quanto le era accaduto a quell'uomo gentile e premuroso, anche se ciò contrastava con la sua prima regola di

sopravvivenza: "Non dare confidenza agli sconosciuti".

Risalirono in superficie. Non pioveva più, l'aria era fresca e tersa e decisero di camminare fino al comando di polizia più vicino per sporgere denuncia.

Svoltato l'angolo videro un gruppo di persone concitate davanti ad un furgone, era stato investito un uomo che rifiutava di essere soccorso nonostante le ferite e il sangue che usciva dalla testa.

Marta riconobbe immediatamente la borsa e gli oggetti sparsi sull'asfalto lucido: erano le sue cose e, senza rendersi conto di essere a due passi dall'uomo che l'aveva derubata, corse subito a riprenderle.

Anche questa volta dovette intervenire Andrea e lo fece nel modo migliore così che lei non si spaventasse di nuovo.

Attesero in disparte l'arrivo della polizia e dopo una prima e rapida ricostruzione dei fatti furono accompagnati alla centrale per il disbrigo delle altre formalità.

Marta si sentiva bene accanto ad Andrea, avvertiva quella sensazione di familiarità che poche altre volte aveva percepito. Non avrebbe voluto separarsi da lui e alla centrale parlava lentamente tornando sulla vicenda per poterlo trattenere accanto a sé.

Andrea stava volentieri vicino a quella giovane donna che suscitava in lui un istinto di protezione e di tenerezza che non aveva mai provato fino ad allora. Non avrebbe voluto lasciarla andare via e ringraziava in cuor suo la burocrazia che li tratteneva al comando di polizia.

Quando uscirono il giorno stava per finire ma loro non avevano nessuna voglia di tornare alle proprie vite solitarie. Iniziarono a camminare senza meta e a parlare, a raccontarsi l'uno all'altro con una spontaneità che stupiva anche loro.

E l'alba di un venerdì di metà aprile li sorprese davanti ad una pasticceria, intenti ad assaporare la prima di una lunga serie di colazioni insieme.

Un Brutto Incidente

di Maria Grazia dell'Unto

Una domenica mattina, Lino è seduto alla scrivania del suo ufficio, sta aspettando Ambra perché devono lavorare ad un importante progetto che vede coinvolto l'ospedale George Washington University e precisamente il loro reparto, quello di malattie rare.

Aspetta da mezz'ora ma Ambra non arriva ed è strano per una come lei, precisa, meticolosa, dedita al lavoro. Lino non fa in tempo a prendere il cellulare per chiamarla.

«Lino, corri!» è agitatissima.

«Stai calma!» le intima. «È successo qualcosa?»

«Ti prego...!» implora la donna. «Emma...» La voce le si spegne in gola e scoppia in singhiozzi.

«Cosa è successo ad Emma?» si allarma lui. «Per favore, parla!»

«Mi stavo preparando e...» piange ancora.

«Cerca di ragionare e spiegati!» urla l'uomo.

«È caduta e ha sbattuto la testa allo spigolo del camino» balbetta. «Non riesco a rianimarla!»

«Sei un medico, insisti!» Lino sta per imprecare. «Farò il prima possibile!»

«L'ambulanza ancora non arriva! Io non so che fare! Non ci riesco, sono nel pallone! Sono disperata!»

Lino sbatte il telefono sul tavolo e si precipita a casa di Ambra.

Arriva quando stanno caricando la piccola sull'ambulanza e la madre sta per salire. Con uno strattone, Lino allontana un paramedico e sale con lei.

È distrutta, il viso è affranto, il respiro irregolare, singhiozza.

«Stai calma, vedrai che si riprenderà presto!» Le prende una mano.

«È tutta colpa mia!» si dispera lei. «Le avevo promesso di portarla al parco questa domenica, avevo completamente dimenticato che dovevamo lavorare!»

«Succede, Ambra» le sussurra continuando a tenerle la mano.

«Quando le ho detto che non potevo a causa del lavoro si è messa ad urlare e a correre per tutta la casa e poi...»

«E poi è caduta!» la interrompe Lino. «Capita! Sono bambini!»

Nel frattempo, arrivano in ospedale. Al pronto soccorso vogliono far entrare solo Ambra ma lei insiste per far entrare anche Lino.

«Siamo entrambi medici! È un carissimo amico di famiglia e mia figlia è molto legata a lui! La prego, dottore, lo faccia entrare!»

Il medico, forse impietosito, acconsente. Così Ambra si abbandona e piange sulla spalla di Lino, mentre visitano Emma.

Dopo aver fatto tutti gli esami necessari, il dottore chiama il primario di neurochirurgia infantile. Anche lui esamina la piccola, controlla tutti i referti e poi parla.

«Signori, vostra figlia ha bisogno di un'operazione molto delicata. Il collega mi ha detto che siete medici, quindi sarò chiaro!»

«Ci dica, professore!» Lino parla per entrambi.

«Dicevo, la bambina ha riportato un edema cranico piuttosto serio! Come sapete, si è raccolto del liquido in questa parte del cervello!» Mostra le immagini della TAC. «Sapete bene che il liquido, premendo contro i capillari sanguigni, blocca il flusso di sangue e l'apporto di ossigeno, danneggiando l'area colpita. Bisogna operare in fretta, altrimenti l'edema potrebbe portare alla...»

Non finisce di parlare che Ambra sviene.

«Che facciamo? Bisogna decidere in fretta, dottor Martino» chiama Lino con il cognome della piccola.

«Mi chiamo Ventura e non sono il padre della bambina! Ma me ne assumo ogni responsabilità! Operate!»

«Non funziona così» interviene l'altro. «C'è bisogno del consenso della madre!»

«La vede quella madre?» Lino s'infuria indicando Ambra. «È fatta così! Di fronte a cose più grandi di lei sviene e cade in catalessi! Non rinverrà per le prossime due ore!»

«Professore» lo chiama l'altro medico, «è vero! Non c'è verso di farla tornare cosciente! Rinviene e subito dopo perde di nuovo i sensi».

«Sono il padre biologico!» urla Lino.

«Firmi, dottore! E preghi che non debba pentirsi di questa scelta» esclama il professore, porgendo a Lino il foglio del consenso.

Dopo ore che Ambra e Lino sono seduti nella sala d'attesa, ancora non arriva nessuno a dire come stia andando l'operazione. Ambra si alza, cammina avanti e indietro, non riesce a stare ferma. Lino le ha raccontato cosa è successo dopo che è svenuta, non finirà mai di ringraziarlo per essersi imposto affinché il primario procedesse con l'operazione, pur sapendo che, se dovesse succedere qualcosa ad Emma, potrebbe non perdonarlo mai.

Di fronte ad una finestra, Ambra guarda il vuoto.

«Non ti fa bene stare così» le sussurra Lino tra i capelli.

«E come dovrei stare, secondo te?» inveisce lei. «Mia figlia sta lottando tra la vita e la morte ed io dovrei mettermi a ballare? Là dentro c'è mia figlia e sta morendo!»

«Non dire stupidaggini!» alza un po' la voce lui. «Emma si salverà, stai tranquilla».

«Si vede proprio che non è figlia tua» si altera lei. «Come fai a pensare che io possa rilassarmi?»

«Guarda che l'ho capito benissimo che lo è!» riprende Lino.

«Beato te che hai tutte queste certezze!» Lo spinge e torna a sedersi.

Lui scuote la testa.

Passano altre interminabili ore e dei medici nessuna traccia. Lino ha appoggiato una mano su quella di Ambra.

«Dimmi che ce la farà!» La donna scoppia in lacrime.

In quello stesso istante, il professor Wilson esce dalla sala operatoria, visibilmente affranto.

«Dottori» inizia a spiegare, «abbiamo fatto tutto il possibile...»

Ambra sbianca e sviene di nuovo.

«Scusatemi, sono stremato» continua. «Non ce la faccio nemmeno a parlare! Fate rinvenire questa donna! Volevo dirvi che l'operazione è riuscita alla perfezione! Abbiamo praticato un foro sul cranio della piccola e infilato nei ventricoli cerebrali un tubicino di plastica che ci ha permesso di aspirare il liquido cefalorachidiano in eccesso. Da una prima TAC, sembra che non ci siano danni al cervello».

«Grazie, professore» dice Lino con un filo di voce.

«Non mi ringrazi. Era mio dovere fare tutto il possibile! Piuttosto, svegliate la signora e ditele che, per precauzione, terremo la piccola ventiquattro ore in coma farmacologico. Domani sera cominceremo a svegliarla e solo allora avremo la certezza che la piccola non ha subito danni cerebrali».

Intanto sono arrivati due medici che hanno risvegliato Ambra. Lino le racconta quello che ha detto Wilson e lei si rivolge ai sanitari: «Voglio vederla» mormora. «Fatemi vedere mia figlia!»

«Signora, meglio di no» prova a spiegare uno dei due. «La bambina non sente nulla! In questo momento lei dovrebbe essere a casa a riposare, in modo che domani sera, quando la piccola si sveglierà, sarà calma».

«Ma secondo lei...» inveisce la donna, «posso essere calma quando hanno bucato il cranio di mia figlia e ora è in coma?»

«Dottore, ce la faccia vedere solo per un attimo! È nostra figlia» fa pressione Lino.

«Solo la madre e solo per un attimo! Il professore è stato chiaro, la bambina deve stare tranquilla!»

«Vai!» la incita l'uomo. «Va' a vedere nostra figlia!»

«Vieni con me» bisbiglia lei.

«Hai sentito? Non posso! Vi guarderò attraverso il vetro». Le sorride.

Appena dentro, Ambra si avvicina al letto.

«Ce la faremo! Torneremo a ridere, andremo al parco tutte le domeniche, vi porterò al mare, vi porterò a vedere la neve, faremo tanti viaggi» anche Lino da dietro il vetro parla con la piccola e con Ambra.

«Andiamo! Portami da te! Non voglio più tornare in quella casa fin quando Emma non starà bene» gli sussurra la donna appena esce.

«Certo» acconsente lui.

Il tragitto è silenzioso. Quando entrano nell'appartamento, sono entrambi pieni d'imbarazzo.

«Vieni! Ti va qualcosa di caldo? Stai tremando» Lino è premuroso.

Lei annuisce.

«Ti preparo una camomilla».

«La camomilla fa schifo» sorridendo appena.

«Hai perfettamente ragione! Allora una cioccolata?»

«Vada per la cioccolata» risponde Ambra.

Dopo aver preparato la bevanda, Lino gliela porge. Lei beve a piccoli sorsi e trema.

«Hai freddo?» porgendole una coperta.

Ambra se l'avvolge attorno al corpo e si rannicchia sul divano.

«Dovresti dormire un po'. Domani devi essere lucida e rilassata».

«Non ci riesco» scuotendo la testa.

«Vieni!» Le tende una mano e lei si alza. La porta in camera da letto.

«Stenditi! Anche se non ti addormenti, potrai riposare un po'» propone.

«E tu?» domanda lei a bruciapelo.

«Mi sistemerò sul divano» le spiega.

«No» mormora.

«No? E dove, allora?»

«No» prosegue. «Tu come stai?»

«Adesso sono fiducioso! Ma anch'io ho temuto il peggio» confessa. «Dai! Vedrai che domani Emma sarà come nuova». Le accarezza il capo.

«Ho paura!» sussurra mentre alcune lacrime le rigano il viso.

«Non piangere! Vedrai, domani sarà tutto diverso» mormora lui.

«Non andartene! Resta con me» farfuglia chiudendo gli occhi.

Mentre Ambra dorme, Lino prepara qualcosa da mangiare.

La donna spilucca il petto di pollo e gioca con l'insalata.

«Non ti piace?» le chiede Lino.

«Non è questo» mormora appena.

Lui sospira. «Ambra, sei rimasta a digiuno per troppo tempo! Devi mangiare! Capisco che tu non abbia fame ma devi sostenerti». Si avvicina a lei.

«Non ci riesco» ribatte priva di forze.

«Lo so! Forse avresti voluto ostriche e champagne! Ma in questo momento ne sono sprovvisto» cerca di essere ironico.

Lei sorride appena.

«Dai! Prova a mangiare qualcosa!» insiste.

Sbocconcella un altro po' e poi lo guarda con aria mesta. «Andiamo in ospedale» propone.

«Va bene».

Appena arrivati, cercano il professor Wilson.

«Buonasera, signori» li accoglie lui. «Venite, voglio parlarvi».

«È successo qualcosa ad Emma?» si allarma Ambra.

«No! Tutto nella norma». Li fa accomodare nel suo ufficio. «Allora, ci tengo a dirvi che i parametri della bambina sono perfetti, questo ci fa sperare che, quando la sveglieremo, non ci dovrebbero essere brutte sorprese! Ma...»

«Ma, cosa?» lo aggredisce Ambra.

«Stai calma! Il professore sta spiegando» Lino tenta di calmarla.

«Adesso la bambina è tranquilla e io credo che convenga aspettare fino a domani, la sveglieremo nel pomeriggio» prosegue il primario.

«Perché? Aveva detto oggi! Che problema c'è?» domanda la madre.

«Sarò ancora più chiaro! La piccola ha subito un intervento al cervello, durato diverse ore, ha rischiato di morire. Durante l'operazione, i livelli vitali sono scesi molto al di sotto della norma, più volte abbiamo rischiato di perderla... Ora tutto si è regolarizzato! Dunque, più la bambina è tranquilla, meglio è».

Ambra annuisce. «Posso vederla?» chiede poi.

«Venga».

Li accompagna in terapia intensiva. Appena arrivano in reparto e sono vicino alla porta, lei si gira.

«Vieni con me» invita Lino.

Quando sono dentro, lei scoppia a piangere e, avvilita, si siede accanto alla figlia.

«Emma, amore mio» incomincia a parlare con la voce rotta dal pianto, «ti prego, quando ti svegli torna ad essere la bambina vivace, birbante e intelligente che sei sempre stata! Ti prometto che ti porterò sempre al parco! Andremo dove vuoi! Ti permetterò perfino di fare i capricci!» Poi si gira verso l'uomo, rimasto dietro di lei con le mani appoggiate allo schienale della sedia. «C'è anche Lino! Non fare brutti scherzi, lui non te lo perdonerebbe mai, vero?» rivolgendosi all'uomo, che annuisce. «Parlale» lo invita poi. «Vieni qui».

«Ehi, piccolina! Ti aspettiamo tutti» sussurra Lino e sente un nodo in gola. Poi non riesce a dire altro perché le lacrime gli stanno solcando il viso.

Restano in religioso silenzio per qualche minuto. Subito dopo, entra un'infermiera che li invita ad uscire. Wilson consiglia loro di tornare a casa.

Lino chiede ad Ambra se vuole che l'accompagni nel suo appartamento.

«Solo per prendere qualche cambio! Non voglio restare lì! Ho paura, mi torna in mente sempre quella scena, rivedo Emma priva di sensi... Ti prego!» Comincia ad agitarsi.

«Ehi, stai tranquilla» tenta di calmarla. «Vieni da me».

«Non voglio approfittare della tua ospitalità. Andrò in un bed and breakfast».

«Non se ne parla!» s'impone lui. «Vieni a casa mia».

«Non ce la faccio a discutere» scuotendo la testa. «Va bene, vengo».

Ambra getta qualche vestito in un borsone e poi gli fa cenno di andare.

Appena a casa, si siede sul divano e sospira.

«Che c'è?» Lino si siede accanto a lei.

«Non ce la faccio ad aspettare che arrivi domani» si sfoga. «Mi sento impazzire».

«Devi calmarti, altrimenti a domani non ci arrivi» cerca di scherzare lui.

«Te l'ho già detto, mi pare... La fai facile tu che non sei così coinvolto!»

«Lo so che questo non è il momento adatto, ma...» Lino cerca le parole per non innervosirla.

«Ma, cosa?» lo interrompe lei.

«L'ho capito benissimo che Emma è anche figlia mia!» dice tutto d'un fiato. «E poi ho fatto i miei conti, non può che essere così!»

«È vero» si arrende finalmente Ambra. Poi va a dormire.

Il mattino seguente, quando Lino si sveglia, la trova già vestita, sta preparando il caffè.

«Hai dormito almeno un po'?» le domanda.

«E tu?» chiede lei.

«Se devo essere sincero, ho passato la notte insonne». Ma subito dopo cerca di rincuorarla: «Dai, manca poco».

«Ho paura» confessa Ambra.

«Anch'io. Ma dobbiamo essere positivi».

«Come vorrei avere anch'io le tue convinzioni» si scoraggia.

«Su!» lasciandole una carezza leggera. «Mi preparo e andiamo».

«Dottori!» li chiama Wilson appena arrivano. «Fra poco inizieremo a svegliare la piccola...»

«Possiamo venire anche noi?» lo interrompe Ambra.

«Meglio di no. Quando sarà sveglia, vi chiameremo».

«Perché?» insiste la madre. «Siamo medici anche noi!»

«No, signora!» s'impone lui. «» meglio che ora se ne stia buona e aspetti».

Ambra fa un gesto di stizza e si allontana verso il corridoio.

Poco dopo, Lino si avvicina con cautela.

«Ehi» le mormora mentre lei, visibilmente stanca, si abbandona tra le sue braccia. «Vedrai, fra un po' ci faranno entrare».

Non risponde e resta stretta a Lino. Passa poco più di un'ora, quando il neurochirurgo e la sua equipe escono dalla stanza.

«Dottori, posso dire con certezza che la piccola sta più che bene! E ha anche un bel caratterino! Potete entrare ora».

«Sicuro che stia bene?» si allarma Ambra.

«A parte il fatto che abbiamo fatto tutti gli esami in modo approfondito...!» ride, «sua figlia è un'insolente! Da' delle risposte davvero argute e questo mi fa pensare che le sue funzioni mentali non siano affatto compromesse!». Ambra scoppia a ridere.

«A parte gli scherzi» prosegue il professore, «sono felice per come sono andate le cose! Ma adesso andate da lei, vi sta aspettando! Ha detto, testuali parole, che vuole la sua mamma e che deve fare i conti con Lino».

Gli Autori

Alexandra Sebastian si dedica a studi prettamente tecnici nutrendo già da adolescente la passione per la scrittura, che coltiva scrivendo un diario in cui racconta di un mondo a metà tra realtà e fantasia.

Conserva gelosamente tutti gli scritti e alcuni anni fa decide di trasformare quelle esperienze personali in racconti.

Con il proprio vissuto e la fantasia, Alexandra si muove leggera tra le emozioni e le introspezioni che abitano l'animo umano, esplorando la complessità delle relazioni e osservandole da due prospettive diverse: quella maschile e quella femminile.

Dall'idea di confrontare questi due mondi diametralmente opposti, seppur complessi, nasce la mail a.sebastianscrive@gmail.com, attraverso la quale il lettore può rivolgerle qualsiasi quesito o semplicemente dialogare con lei.

Angela Gigliotti nasce e cresce a Lamezia Terme dove svolge l'attività di medico chirurgo. Si definisce una creativa a 360° gradi, appassionata di enigmistica e genealogia, trekking e chitarra classica. Ha iniziato a scrivere i primi racconti da adolescente, passando dal romance alle ambientazioni storiche, improntate spesso alla riscoperta e valorizzazione di territori dimenticati. Ha seguito diversi corsi di scrittura con gli editor Sara Meddi e Simone Barillari e con la scrittrice Antonella Cilento. Nel 2022 ha conseguito, presso l'Università degli Studi di Napoli "Suor Orsola Benincasa", il master di I livello "SEMA - Mestieri della scrittura e dell'editoria dall'artigianato al digitale" con il massimo dei voti e la lode. Attualmente sta lavorando alla stesura di un romanzo storico.

Beatrice Rosanova è una ragazza di 18 anni che vive a Parma, in Emilia Romagna. Frequenta l'ultimo anno dell'istituto Guglielmo Marconi, l'indirizzo linguistico. La stesura di questo racconto risale a due anni fa, quando ha deciso di partecipare ad un concorso di scrittura che le aveva consigliato la sua professoressa di Filosofia. L'ispirazione per la narrazione deriva dalla storia di due ragazzi protagonisti di una serie Netflix e che l'hanno colpita a tal punto da spingerla a scrivere di loro. Beatrice è anche molto appassionata di musica: ha studiato per quattro anni pianoforte e per alcuni anni canto ma ha smesso perché non pensava a questa passione come ad una carriera perseguibile. Quello che vorrebbe fare in futuro è lavorare nel cinema, come regista e sceneggiatrice.

Carmela D'Ascoli è nata a Napoli e vive a Baronissi in provincia di Salerno. Ha pubblicato per la casa editrice Montag il suo primo romanzo *Il posto vuoto*; per altre case editrici raccolte di poesie e racconti brevi. Ama leggere, passione che ha coltivato fin da bambina, soprattutto gli autori classici, l'arte in tutte le sue forme, espressione di un linguaggio universale, passeggiare nella natura e contemplare il mare. E proprio dall'osservazione della realtà circostante trae spunto per i suoi scritti attraverso i quali esprime le emozioni più profonde del suo animo ma anche una visione critica e analitica degli eventi del suo tempo.

Ciro Gallotti nasce e vive a Napoli. È autore per lo più di racconti pervasi da un umorismo ed una comicità caustica ed irriverente, con cui tenta di mostrare l'anarchica realtà della città

partenopea e della sua periferia.

Il racconto breve *Il ladro*, breve storia di un adolescente che prova a diventare un *mariuolo*, presente nell'antologia *Campania in Penna* (PAV Edizioni) è apparso sulla rivista letteraria "Arcadia".

È un grande appassionato di cinema.

Claudio Righenzi è nato a Milano da una famiglia svizzera. Dopo aver frequentato il Liceo Classico G. Berchet, si è laureato in Giurisprudenza all'Università Statale. Rientrato in Svizzera a Lugano, non ha mai voluto fare l'avvocato e ha invece lavorato quasi 40 anni nel settore bancario, in posti di responsabilità. Ha due figli e due nipotini. È interessato a: libri, arte, collezionismo, viaggi, finanza e investimenti, calcio (da spettatore), golf (da giocatore).

Appassionato di lettura fin da ragazzo, ha sempre scritto cose che non ha mai pensato di far leggere ad altri, né tanto meno di poter pubblicare. Finché un giorno qualcuno ha cominciato a leggerle. E a trovarle interessanti.

Daniela Lomi è un'impiegata di banca con la passione per la letteratura, ha una fornita biblioteca personale con romanzi di autori classici e contemporanei sia italiani che stranieri.

Alla soglia dei 50 anni ha realizzato il suo sogno nel cassetto, scrivere. Lo ha fatto partecipando ad un corso di scrittura creativa. Nasce così il suo primo romanzo a cui sono seguiti diversi racconti brevi alcuni dei quali anche pubblicati.

Adora rifugiarsi nella sua casa in campagna per ricaricarsi di energia positiva; stare a stretto contatto con la natura insieme alla sua famiglia è per lei un vero toccasana.

Interessata a tutto ciò che riguarda l'arte, dedica parte del suo tempo libero ad eventi teatrali, a visitare mostre e tutto ciò che la meravigliosa Italia offre.

Daniele Bertoncello Brotto, nato nel 2000 a Vicenza, è laureato in Lettere moderne presso l'Università degli Studi di Padova e al momento sta proseguendo nella magistrale in Filologia Moderna.

Ha vinto la VI edizione del *Premio Monte Argentario* (2022) nella sezione romanzo fantastico e ha ricevuto una menzione speciale per l'originalità alla IX edizione del concorso *Inchiostro e memoria* (2023), indetto dall'associazione

ANPI di Rescaldina.

Può essere contattato all'indirizzo mail daniele.bertoncello.brotto@gmail.com

Debora Avella è una biologa di prima laurea, dottorato in neurobiologia e farmacista di seconda laurea, nasce in Germania 44 anni fa e cresce a Voghera "capitale" dell'Oltrepò pavese. La formazione del liceo classico la porta ad innamorarsi della filosofia e del teatro greco facendone una vera e propria passione

Dopo i vari studi universitari, la nascita della figlia Sofia e il lavoro stabile da farmacista, si iscrive alla scuola di teatro "Oltreunpo" di Voghera dove attualmente frequenta il laboratorio permanente dell'attore.

Frequenta corsi collaterali al percorso di teatro nella scuola come quelli relativi al teatro danza e alla dizione.

Ama la musica prog rock anni 70 diventando una fan dei Genesis e intervista parecchie volte per la fanzine "Dusk" l'ex chitarrista Steve Hackett durante i suoi tour in Italia.

Collabora con una rivista online di fibromialgia scrivendo articoli da professionista su questa patologia.

Infine per diletto frequenta la scuola di danza "Tarditi" di Voghera esibendosi anche nei vari saggi di danza Synchro Jive latin e zumba.

Si definisce una sognatrice senza tempo... e il suo motto preferito è il titolo di una canzone dei *Genesis I know what I like!*

Fabio Losacco nasce nel 1961 a Firenze dove studia e lavora in una Banca.

Fin da ragazzo coltiva la passione per la scrittura pubblicando racconti su riviste amatoriali e professionali, tra cui "L'Eternauta".

Vince alcuni premi letterari e pubblica, presso la Casa Editrice Gribaudo di Torino, una raccolta di otto racconti dal titolo *La vita sospesa*.

Dopo un lungo periodo di interruzione riprende a scrivere, pubblicando alcuni racconti per Historica Editrice nonché nella raccolta ISOLE curata da Vania Russo. Pubblica poi su diversi siti internet e alcuni suoi racconti sono presenti nelle antologie di LETTERATURAHORROR.IT.

Da sempre appassionato di cinema, di cantautori italiani e di tennis, è un estimatore di Stephen King e Marco Vichi.

Il suo indirizzo mail è gregor011@hotmail.com

Katiuscia Iezzi nasce a Tornareccio (Chieti) nel 1986. Consegue con lode una prima laurea in *Scienze delle Professioni Educative* e una seconda, sempre con il massimo dei voti, in *Scienze Pedagogiche*. Prosegue il percorso di studi conseguendo due master e una terza laurea in *Scienze della Formazione Primaria*, per la quale riceve una menzione d'onore. Si aggiudica il primo posto nella III edizione del *Premio Letterario Andrea Pappalardo* con l'elaborato *Lotta con me*. Continua nella stesura di diverse opere pubblicate in varie antologie: *Pane, vino e libertà. Antologia poetica dedicata a Ignazio Silone*; *La botteguccia delle favole. Premio Letterario Nazionale 2023; Storie e Leggende di Natale 2023*. Insegnante dedita al suo lavoro, prosegue nella formazione continua e nell'attività di scrittrice.

Marcello Masneri nasce a Bergamo negli anni Settanta. Da giovane è un tiepido lettore. Si approccia alla letteratura solo alla fine dell'università. Si è occupato della pagina culturale di alcune testate giornalistiche on line, alternando quest'attività all'insegnamento nelle scuole superiori e all'educazione all'autonomia delle persone con disabilità visiva. Quando la sua vita sentimentale e lavorativa si è riempita di avvenimenti significativi ha iniziato a mettere per iscritto quelle parti, per esorcizzarle o perché gli aspetti drammatici e la tenerezza convivevano magicamente. Nei suoi racconti e nelle sue poesie, dominante è la componente esistenziale. Alcune delle sue opere sono state pubblicate in antologie.

Maria Grazia Dell'Unto proviene da Sora, una ridente cittadina in provincia di Frosinone, ma da quando si è sposata risiede a Veroli, sempre in provincia del capoluogo laziale.

È un'insegnante di scuola primaria, con la passione della scrittura. Ha iniziato a scrivere poesie fin da bambina. Ha scritto una raccolta di racconti e una di poesie che, però, sono ancora inedite e sta scrivendo un romanzo. Ha pubblicato due fanfiction sulla piattaforma wattpad e, sulla stessa, ne sta pubblicando un'altra.

Ha la passione del teatro e, con i suoi alunni, ha sempre realizzato rappresentazioni, dilettandosi ad adattare opere di autori famosi alle esigenze dei piccoli attori.

Ultimamente si è iscritta al corso di teatro organizzato dall'Università delle tre età di Frosinone.

Maria Grazia Patania, appassionata lettrice, da anni studia scrittura creativa. Ha partecipato a vari concorsi per esordienti e i racconti vincitori sono comparsi in antologie o riviste letterarie, fra cui "Rivista Blam" e "Bomarscé". Dal 2015 al 2019 ha curato il blog Collettivo Antigone per offrire una prospettiva alternativa sul fenomeno della migrazione forzata, raccontando le storie dei migranti che conosceva personalmente. Al progetto hanno partecipato fotografi di calibro internazionale, oltre a rifugiati e beneficiari di protezione umanitaria. Da oltre dieci anni ama viaggiare da sola per il mondo e nel 2023 si è trasferita per due mesi sull'isola di Zanzibar, dove ha lavorato come nomade digitale. Fa base in Sicilia ma è sempre pronta a fare la valigia e partire verso nuove mete.

Normando Marcolongo nasce ad Atessa (CH) negli anni Settanta e fin dalla tenera età ha manifestato un'attitudine ad indagare il funzionamento di ogni cosa, smontandola e modificandola. Si laurea in ingegneria e lavora nel campo dell'informatica e delle telecomunicazioni.

Odiava la poesia quando gli veniva imposta a scuola: detestava impararla a memoria ed era sempre dell'opinione che il significato potesse non essere quello imposto dal docente di turno. Scrive piccoli componimenti dal vestito moderno, un racconto di tanto in tanto e ignora cosa sia successo a quell'odio giovanile per versi e strofe che ha lasciato spazio ad un inaspettato amore.

Valentina Mancini nasce a Tivoli (RM) nel 1993. Laureata in Matematica, lavora nell'ambito dell'Information Technology. Nonostante gli studi in ambito scientifico, coltiva da sempre l'interesse per la letteratura. Si avvicina al mondo della scrittura attraverso la poesia, cercando di esternare attraverso la musicalità delle parole le proprie emozioni più profonde. Nei suoi componimenti traspaiono le influenze letterarie da cui attinge: la malinconia leopardiana; l'analisi pirandelliana; la profondità kunderiana. Nell'ultimo anno intensifica la propria attività letteraria intraprendendo un nuovo percorso di scrittura in prosa e partecipando a diversi concorsi letterari da cui ottiene le prime gratificazioni.

Vittorio Martucci è bibliotecario di formazione scientifica, si è dedicato a studi di storia della biologia e di zoologia storica. In tali settori ha pubblicato vari libri e saggi su riviste internazionali.

In campo letterario, oltre a numerosi racconti che hanno ottenuto segnalazioni e riconoscimenti, ha vinto il Premio letterario internazionale Salvatore Piccoli per la narrativa 2016/2017 con il romanzo *Viva Verdi!*

Un suo racconto giallo è già stato accolto in una delle antologie curate dall'editore Terebinto.

RADIO
RISCONTRI

Da più di quarant'anni "Riscontri" mantiene l'approccio ***globale*** al mondo della cultura e dell'attualità che l'ha resa celebre anche oltre i confini nazionali.
Con "Radio ***Riscontri***" la Rivista presenta per la prima volta dei contenuti in formato audio, rinnovando la sua fede in una ***cultura*** che non sia strumento in rapporto a fini prestabiliti, ma coscienza critica della realtà.

Il podcast che dà vita alla parola scritta con la guida di un ***narratore*** senza tempo: Nikos, lo spirito errante della leggendaria Biblioteca di Alessandria.
Sfuggito alle fiamme che un tempo divorarono quel santuario del sapere, ***Nikos*** ora viaggia tra i mondi e le ere per condividere con noi le ***storie*** più profonde che la letteratura ha da offrire.

SCANSIONA I QR CODE
e ascolta gratuitamente
i nostri Podcast

www.ingramcontent.com/pod-product-compliance
Lightning Source LLC
LaVergne TN
LVHW091305150826
845673LV00006B/1544